여행만 있고
추억은 없는 당신에게

가슴에
품은
여행

가슴에 품은 여행

초판인쇄	2021년 03월 22일
초판발행	2021년 03월 26일

지은이	최선경
발행인	조현수
펴낸곳	도서출판 프로방스
마케팅	최관호
IT 마케팅	조용재 백소영
교정교열	권 표
디자인 디렉터	오종국 Design CREO

ADD	경기도 고양시 일산동구 백석2동 1301-2
	넥스빌오피스텔 704호
전화	031-925-5366~7
팩스	031-925-5368
이메일	provence70@naver.com
등록번호	제2016-000126호
등록	2016년 06월 23일

정가 15,800원

ISBN 979-11-6480-117-6 03810

여행만 있고
추억은 없는 당신에게

—

가슴에 품은 여행

—

최선경 지음

"여행을 통해 성숙한 인간이 되어간다"

2020년 2월 17일 대구에 첫 코로나19 확진자 소식이 전해진 후 몇 달이 흘렀다. 금방 괜찮아지겠지 하던 마음이 '하루 이틀도 아니고 도대체 언제까지 이렇게 살아야 해?'라는 신세 한탄으로 이어졌다.

"엄마, 나 아침도 챙겨주고 온라인 과제 하는 것도 봐주고 10시쯤 출근하면 안 돼?"
"그건 좀 곤란한데…."
"그럼 엄마 아예 휴직하면 안 돼?"

어느 날, 아들이 던진 말에 마음이 짠했다. '그래, 아이도 집에만 있으니 답답하겠지. 원격수업에 지칠 대로 지쳤겠지.' 다음 날,

아이와 산책이라도 가려고 큰맘 먹고 정시에 퇴근을 했다. 막상 밖에 나가려니 마스크를 쓰고, 오래 걸으면 머리만 더 아프겠단 생각이 들었다.

'마스크를 벗고 있을 곳은 없을까?'
남편과 이야기를 나누다 보니 문득 옥상이 떠올랐다. 내가 살고 있는 아파트는 꼭대기 층이라 여름에는 덥고, 겨울에는 추운 게 불만이었는데 이럴 땐 이점이 있구나 싶었다. 옥상에 돗자리를 까는 순간부터 아이의 표정이 밝아지기 시작했다. 아빠가 집에서 직접 끓여서 가져온 라면을 보고는 "꺄악!" 소리까지 질렀다. 라면도 먹고 엄마와 손 잡고 걸으며, 이런저런 이야기도 나누니 아이의 얼굴에 웃음이 끊이질 않았다. 오랜만에 마스크를 벗고 바깥바람을 쐬며, 노을 지는 하늘을 실컷 구경하니 나도 살 것 같다. 왜 진작 이 생각을 못 했나 싶을 정도로 좋았다. 코로나가 아니었으면 생각조차 하지 못했을 추억 하나를 만들었다.

사상 초유의 날들이 이어지고 있다. 전 세계가 그대로 멈췄다. 해외여행은 꿈도 꾸지 못할 상황에다가, 국내여행 조차 힘든 상황에 가족이나 가까운 친구를 만나는 일도 망설여지게 되었다. 코로나로 인해 여행이 어려워진 요즘 어쩌면 좋을까?

지금 할 수 있는 것에서 최대한 돌파구를 찾아야 한다. 일상에 작은 변화를 주는 것만으로 여행이 주는 효과를 낼 수 있다. 먼 이국의 사진을 보며 더 일찍 그곳에 가지 못한 걸 후회만 하지 말고 지금 할 수 있는 것들을 하나씩 해보기로 하자.

"우리 예전에 감포에 갔을 때 썼던 그 캠핑 의자 못 봤어?"
"아, 그 의자 어디 있을 텐데."
"그 의자 베란다에 꺼내 놓으면 어때?"

며칠 전, 캠핑 의자를 베란다에 가져다 놓고 보니 뭔가 허전해 탁자도 꺼내왔다. 몇 년째 방 안에 방치되어 있던 탁자가 제자리를 찾았다. 캠핑 의자에 몸을 기대고 앉아 있으면 창문 너머로 시원한 바람과 함께 새소리가 들려온다. 그리고 맑은 하늘을 배경으로 따뜻한 햇살이 나를 반겨준다. 지난 감포 앞바다에서 만났던 바로 그 바람, 햇살이다. 그리고 갓 내린 커피 한 잔이면 별다방도 부럽지 않은 '베란다 카페'가 된다. 어디 먼 곳으로 떠나지 않더라도 베란다 카페에서 삶의 여유를 즐길 수 있다. 답답한 현실에서 잠시 벗어나 나만의 여유를 만끽할 수 있다.

코로나로 인해 분명 잃은 것도 많지만 다시 찾은 것도 있었다. 바로 일상의 소중함이다. 책과 더 친해지고, 동네 산책을 더 많이 하게 되었다. '우리 동네에 저런 곳이 있었나?' 할 정도로 동네 곳곳에 숨은 명소를 발견하는 재미를 만끽하고 있다. 매주 코스를 조금씩 바꿔가며 공원과 호숫가를 걷는 맛에 푹 빠졌다. 호기심 어린 눈으로 본다면 모든 순간이 여행이다. 여행자의 눈으로 바라보면, 우리 곁엔 숨겨진 보석 같은 곳이 가득하다. 초록빛 숲이 있고, 여유 있게 산책 할 공간이 얼마든지 있다.

그래도 마음이 잡히지 않을 때는 책장에서 오래된 수첩과 사진첩을 꺼내 보았다. 신세한탄은 잠시 내려놓고 이제는 정신 차리고 지나온 시간들을 되짚어 보며 앞으로 어떻게 살아가야 할지, 마음을 다잡기로 했다. 손으로 날려 쓴 메모, 일기, 오래된 사진들을 보며 어느덧 예전의 그 시간, 그 장소를 여행하고 있는 나를 발견했다. 곳곳에서 여행을 통해 더 단단해진 나를 만났다. 여행에 관한 이야기를 써야겠다고 마음먹으면서 지친 몸과 마음을 일으켜 세웠다.

신기하게도 오래된 수첩과 사진첩을 들춰보니 여행 당시 느꼈던 감정들이 그대로 살아났다. '내가 너무 완벽한 사람으로 살려고 한 것은 아닌가. 그저 열심히만 살아온 것은 아닌가.' 다시 한번 나를 돌아보게 되었다. 도전, 두려움, 사랑, 후회, 믿음, 희로애락 등 여행을 통해 잃어버린 감정들, 소녀의 감수성을 되찾게 되었다. 여행을 통해 성숙한 인간이 되어간다. 모든 것이 나 자신으로 귀결된다.

이 책은 코로나19를 겪으며 쓴 책이다. 거리두기로 집 밖을 나가기가 어려운 세상이다. 이런 시기에 답답해 하지만 말고 저자의 여행기를 읽으며 독자들이 생활의 활력을 찾기를 바란다. 당장 비행기표를 끊고 여행을 떠나라는 것이 아니다. 그럴 수도 없는 상황이 아닌가. 자기 자신을 찾아 떠나는 여행에서 장소는 중요하지 않을 것이다. 이 책을 통해 여러분 자신과 대화할 기회를 가지면 좋겠다. 글을 쓰는 동안 그때 그 시절, 그곳을 다시 여행하며 저자가 힘을 얻고 힐링 했듯이 이 책을 읽는 독자들도 그랬으면 좋겠다. 잊고 지냈던 여행의 추억을 꺼내어 두런두런 이야기 나누는 기회가 되었으면 한다. 소중한 사람들을 떠올리고 그 속에서 지친 마음을 위로해주는 그런 책이 되었으면 좋겠다. 나의 이야기로 인해 일상에 지쳐 있는 분들이 삶을 지속할 힘을 얻게 된다면 더 이상 바랄 것이 없겠다.

2020년 10월

저자 **최선경**

"글쓰기는 사랑하는 대상을 불멸화 시키는 일이다."

조신영
한국인문고전 독서포럼 대표. 베스트셀러 『경청』, 『쿠션』 저자

인천공항이 텅 비었다. 연휴나 명절이면 발디딜 틈없던 공항에 적막이 가득하다. 여행업 종사자들은 줄지어 폐업하고 고객 유치를 위해 안간힘을 쓰지만 역부족이다. 예전 같은 자유로운 해외 여행은 아예 불가능하다는 암울한 전망도 나온다. 가슴 답답하고 숨막힌다.

위기는 누군가에게 기회인 법. 시대의 흐름을 재빨리 읽고 저만치 앞서가는 사람들이 있다. 누군가는 랜선으로 여행지를 간접 체험하는 프로그램을 만드는가 하면, 팬데믹 종식 후 억눌린 여행 욕구가 폭발적으로 늘어날 것을 대비해 미래의 여행 트렌드를 미리 학습하고 준비하는 사람도 있다. 최선경 저자는 오랫동안 글쓰기를 훈련해 왔다. 고전을 읽고 매일 새벽을 깨워 자발적 고독을 선택하며 깨어 시대를 앞서가려 늘 애쓰는 가운데, 기막힌 집필의 기회를 찾아냈다. 코로나로 인해 사람들의 '억눌린 여행 욕구'를 글쓰기의 기회로 삼은 것이다. 과거 자신의 여행 기록과 사진을 꼼꼼히 살펴보며 독자들에게

'가슴에 품은 여행'은 과연 무엇인가를 생각해 보자고 손을 내민다. 소설가는 작품을 구성할 때 말하고 싶은 큰 주제를 먼저 정한 다음 대개 플롯을 설정한다. 플롯이란 스무개 정도로 압축할 수 있는데, 그중 필자가 선호하는 방식은 성장 플롯이다. 성장 플롯은 어김없이 주인공이 집을 떠나는 이야기로 시작한다. 『연금술사』를 떠올려 보면 금방 이해할 수 있다. 이야기 결말에는 항상 주인공이 집으로 돌아오는데, 그 여정을 통해 내면이 쑥 자라고 성장해 새로운 인물로 변해 있다. 필자의 대표작 『경청』도 주인공이 위기를 만나 집을 떠나면서 이야기는 시작한다. 치악산의 한 악기 제조 공방에 머물며 아들을 치료하기 위한 바이올린을 만드는데 전념한다. 『쿠션』에서도 주인공은 집을 떠나 미국 중부를 여행한다. 한국으로 돌아올 때는 새로운 관점과 지혜를 얻어 성숙한 삶을 시작한다. 최신작 『정온』도 마찬가지로 주인공은 몽골의 광야로 떠나지만 우여곡절 끝에 귀국해 예전과는 다른 삶을 시작한다.

왜 성장 플롯에는 한결같이 떠남과 성장, 복귀라는 공식이 존재할까? 여행에는 커다란 힘이 있다는 인류 보편의 공감대가 존재하기 때문이다. 집을 떠나, 새로운 환경에 자신을 노출시킬 때, 우리는 새로운 눈(관점)을 획득할 수 있다. 이때 필수적인 요소가 기록이다. 저자는 유독 기록을 강조한다. 단지 기억에 의존하는 여행은 기분전환 정도로 머물지만, 글쓰기를 병행하는 여행은 삶을 변화시키는 마법의 순간을 일으킬 수도 있다.

뉴노멀 시대가 열렸다. 이제는 예전처럼 무작정 해외로 나가는 일이 쉽지 않을지 모른다. 아무리 그래도 우리는 여행이 선사하는 일탈의 즐거움이 필요한 존재들이다. 여행에 지독히 굶주려 본 이번 경험이 우리에게는 새로운 여행의 지혜를 습득할 수 있는 기회일 수 있다. 프랑스의 지성 롤랑바르트는 이렇게 말했다.

"글쓰기는 사랑하는 대상을 불멸화 시키는 일이다."

'가슴에 품은 여행 비결'을 아낌없이 들려주는 저자는 우리에게 이렇게 속삭인다.

"그러니까, 사랑하는 사람과의 여행을 불멸로 승화시키는 건 어떨까요?"

Recommender
추천의 글

"마음 묶인 이들에게 날개를 선사해줄 수 있기를"

이은대
자이언트 북 컨설팅 대표

두 가지 종류의 기억이 있다. 지난 시간에 대한 기억. 그리고 앞으로
펼쳐질 미래에 관한 기억. 덧붙이자면, 어느 순간 '내가 꿈꾸었던 미
래는 이게 아닌데'라는 생각이 들 때가 있는데, 이런 걸 두고 미래
기억이라고 한다.

생각지도 못했던 세상이다. 마스크를 착용한 채 생활해야 하고, 명절
에 친척 모일 수도 없고, 아이들은 모니터를 통해 친구들과 만나야
한다. 우리가 꿈꾸었던 미래 기억과는 전혀 딴판인 세상. 다시 예전
으로 돌아갈 수 있을지 장담할 수 없는 사태가 터지고 말았다.

거리 포장마차 뜨끈한 어묵 국물이 그립다. 친구들 만나 왁자지껄 서
로의 삶을 나누는 시간이 간절하다. 사람들의 환한 미소가 보고 싶
고, 손 꽉 잡으며 악수하고 싶다. 바깥 공기 시원하게 들이키며 세상
과 호흡하고 싶다.

그리워하는 김에 제대로 하기로 했다. 떠나기로 했다. 싱가폴과 대

만, 후쿠오카와 동유럽을 거쳐 중국까지. 단순한 여행기가 아니라 함께 떠나는 추억서다. 읽는 순간 환한 자유가 온몸에 스며든다. 몸이 들썩인다. 짐을 싸고 배낭을 메고 공항에 선다. '출발'이라는 말이 주는 설렘과 흥분. 지금 여기 방 안에 앉아 나는 세계로 떠난다.

『기억이라는 것도 관심에서 나오는 것이 아닐까. 문득 이런 생각이 든다. 기록을 하려면 관찰을 하게 되고 세심하게 살피게 된다. '지금 아니면 언제'라는 절실함과 관심에서 기록이 시작된다. 그런 기록이 결국 기억으로 이어진다. 누구나 관심을 가지고 기록을 하게 되면 몇 배의 기억이 선물이 되어 돌아올 것이다.』 – 본문 중에서

사진 옆에 빼곡하게 적힌 저자의 아들이 남긴 기록을 보면서, 나는 여행의 절정을 느끼고야 말았다. 기록은 언젠가 선물이 되어 돌아올 거라는 메시지를 받으면서 한편으로 이미 내게 벅찬 선물이 되었다는 만족과 감사를 느낀다. 여행은 세상 보는 눈을 넓고 크게 만들어 준다. 직접 떠나고 보고 들으며 느낄 수 있다면 그 감동 더 없겠지만, 지금 같은 시절 책을 통해 간접 여행을 즐길 수 있다는 사실만으로도 벅차다.

친구와 함께 배낭여행을 떠난 것이 저자의 첫 여행이다. 낯설고 당황스럽고 막막했던 모든 순간이 변화와 성장의 씨앗이 되었다. 그 후로 떠나고 배우고 즐기는 삶을 누리고 있다. 좋은 것이 있으면 나누고 싶은 것이 사람 마음이라 했던가. 그녀의 배려와 노력으로 시절에 걸

맞은 좋은 '경험' 한 권을 읽게 되었다.

갑갑한 현실이지만, 버티고 이겨내야 한다. 포스트 코로나 시대를 딛
고 일어서는 여러 가지 방법이 있겠지만, 이처럼 좋은 여행 이야기를
옆에 끼고 틈날 때마다 읽으며 아무 때고 훌쩍 떠나는 것만큼 속 시
원한 '극복'이 또 있을까.
신체의 자유보다 더 중요한 것이 정신의 자유다. 이 책이 힘든 시기
마음 묶인 이들에게 날개를 선사해줄 수 있기를 소망한다.

"여행만 있고 추억은 없는 당신께"

윤 슬
기록디자이너

"하나의 경험이 일어난 후에 한 사람의 안과 밖은 달라진다. 수치로 나타내어 보여줄 수는 없지만, 여행을 가기 전의 나와 다녀온 후의 나는 결코 같지 않았다"

책 속에 나오는 문장이다. 여행을 통해 정서적 독립은 물론 진정한 자아를 발견했다고 말하는 저자의 생각에 누구보다 깊은 공감을 보낸다. 저자와 조금 다른 방식으로 살아왔지만 나 역시 여행, 경험의 가치를 높게 평가하는 사람이다. 여행을 바라보는 견해, 경험에 대한 생각이 상당 부분 닮아있음을 발견하는 것은 책 읽는 즐거움을 배가시켜주었다.

에필로그에 소개된 것처럼 이 책은 여행에 관한 책이자 기록에 관한 책이다. 저자는 여행을 계획하고, 여행을 잘 다녀오기 위해 준비하고, 노력하는 시간을 아끼지 않았다. 또한 여행지에서는 그곳의 문화, 정신, 기운을 온몸으로 받아들이기 위해 노력했으며 여행을 다녀온 후에는 추억이 사라지지 않고 봉인될 수 있도록 모든 것을 기록으로 남겼다. 그런 정성과 노력이 이 책에 고스란히 담겨있다. 이 책은 단순한 여행기가 아니다. 새가 스스로 알을 깨고 나오는 것처럼, 여행을 통해 꿈꾸고, 노력하고, 세상과 소통하는 방식을 알아낸 한 사람의 성장기라고 표현해야 정확할 것이다.

당연했던 것이 당연하지 않는 것으로 변한 지금, 새롭게 바라볼 수 있는 눈이 절실하다. 익숙한 것을 새롭게 바라보기 위해 노력하고 새로운 방식으로 연결되는 것에 두려움을 줄여나가는 노력이 필수가 되었다. 이 책은 그런 기회를 만들어주는 일에 충분한 도움을 줄 것이다. 여행을 좋아하는 사람이라면 지금까지의 여행을 기록으로 남겨보고 싶다는 마음을 이끌어 낼 것이며, 정서적 독립이나 성장을 꿈꾸는 사람이라면 꿈꾸고, 노력하는 과정에 대한 힌트를 발견하게 될 것이다. 코로나라는 어려운 위기 속에서도 "자기 이유"로 세상을 살아가려는 저자의 아름다운 행보가 어떤 새로운 연결점을 만들어낼지 벌써 기대가 된다.

Recommender
추천의 글

"여행도 있고 추억도 있는 당신에게"

김재우
중학교 국어교사, 인도원정대장

인도를 처음 갔을 때 두려움이 설렘보다 더 컸습니다. 인도영화를 평소 많이 봐왔고, 인도와 관련된 여행프로그램과 다큐도 충분히 봤던 상태였는데도요. 그 뿐 아니라 인도여행과 관련된 가이드북도 통독을 했는데도요.

인도를 여행하는 동안 많은 사람들을 만났습니다. 그들은 나에게 적극 다가왔고 그럴 때마다 나는 그들을 경계하고 말조차 대꾸하지 않았었지요. 가이드북에 나와있는 방법은 먹혔습니다. 그러나 나는 어느 순간 그들에 대한 미안한 마음이 들었습니다. 그들 대부분은 낯선 이방인을 도와주고 싶은 마음으로 다가왔음을 지나고 나서야 깨달았기 때문입니다.

인도에서 여행을 끝나고 한국행 비행기가 이륙할 때 마음 한 켠은 그들에 대한 나의 태도와 그들을 오해했던 나의 미안한 마음이 자리합니다. 그리고 다음에 오게되면 더 따뜻하게 대해주겠노라 다짐

하지요.

여행 중 문득 외롭다는 생각이 들었던 적이 있습니다. 분명 나는 좋은 곳에 와서 멋진 풍광을 바라보며, 유명하다는 광장 노천카페에서 생맥주 한 잔을 마시는데요. 그 날은 참으로 이상했습니다. 그 때 바로 예약했던 숙소를 취소하고 한인이 운영하는 한인 게스트하우스로 옮겼습니다. 한국 사람들의 목소리와 한국음식. 뭔가 내가 느꼈던 결핍이 바로 해결되는 느낌을 받았지요.

여행은 결국 "사람"인 것 같습니다. 아무리 좋았다고 해도 그 곳에서 만난 사람과의 추억이 좋지 않으면 그 여행은 좋지 않았던 것으로 기억이 되고, 좋지 않은 곳이었다고 하더라도 그 때 만난 사람과 좋았다면 그 여행은 좋은 여행으로 기억되니까요. 결국 여행은 사람이라는 생각이 듭니다.

최선경 선생님의 〈가슴에 품은 여행〉도 선생님의 여행을 통해 추억을 함께 나눈 것이 "사람"으로 귀결됩니다. 첫 배낭여행을 함께한 친구들, 결혼 후 아이를 낳고 우석이와 함께한 여행, 그리고 인도원정대 선생님들과 함께한 인도여행. 그 모든 여행에는 선생님과 함께 한 사람들이 있었습니다. 최선경 선생님은 마음이 참 따뜻한 분입니다. 열정가이고 성실하며, 훌륭한 교사이지만 제가 선생님을 좋아하는 가장 큰 이유는 마음이 따뜻한 사람이라는 겁니다. 그래서 함께했던 인도원정대가 저 역시 즐거웠고 좋은 여행으로 기억에 남습니다.

우리는 저마다 나름의 방식으로 여행을 합니다. 여행을 통해 얻는 것도 각기 다릅니다. 그러나 그 여행에는 "사람"이 있습니다. 함께 간 사람도 있을 것이고, 여행지에서 만난 현지 사람도 있을 겁니다. 그들을 통해 우리는 에피소드를 만들고 그것은 결국 추억으로 기억됩니다. 여행은 계속되었고, 앞으로도 영원할 것 같았지만 코로나로 인해 여행이 멈춰졌습니다. 여행은 많은 이들에게 힐링과 전환을 줬고 누군가에게 삶이기도 했습니다. 여행이 멈춰질 거라는 생각은 해본 적도 없었습니다. 이런 상황에 지난 여행에 대한 추억을 떠올리며 자신의 여행이야기를 책으로 출간한 최선경 선생님의 이 책이 많은 분들에게 간접적인 여행의 선물이 되리라 생각합니다. 여행이 있고 추억이 있는 여러분들에게 이 책이 큰 선물이 되기를 바랍니다.

"언젠가 떠날 나의 여정을 꿈꿔본다"

김민식
MBC방송국 PD

내 뜻대로 되는 일이 하나도 없어 괴로울 때, 나는 훌쩍 여행을 떠난다. 여행을 가면 내 뜻대로 할 수 있는 게 늘어난다. 여행은 가고 싶은 곳에 가서, 보고 싶은 것을 보고, 먹고 싶은 것을 먹는 일이니까. 자율성을 극대화함으로써 상처받은 자존감을 치유하고 도전정신을 키워주는 여행. 그 좋은 여행을 코로나 때문에 못 간다. 코로나로 일이 뜻대로 되지 않아 힘든데, 여행도 갈 수 없어 더 힘들다면 어떻게 해야 할까? 이 책의 저자는 자신만의 답을 찾았다. 아파트 옥상에 돗자리를 깔고 아이와 라면을 나눠 먹으며 소풍을 즐기고, 베란다에 캠핑 의자를 내어놓고 거실에 카페를 차린다. 새로운 여행을 떠나기 힘들 때는 지난 여행의 추억을 되새겨보는 것도 일상을 버티는 힘이 된다. 타인의 여행기를 읽으며, 언젠가 떠날 나의 여정을 꿈꿔본다. 책 속에서 고난과 시련을 극복하는 지혜를 찾을 수 있기를 소망한다.

Contents
차례

05 제 5 장
여행 기록의 법칙

이 책은 코로나19를 겪으며 쓴 책이다. 거리두기로 집 밖을 나가기가 어려운 세상이다. 이런 시기에 답답해 하지만 말고 저자의 여행기를 읽으며 독자들이 생활의 활력을 찾기를 바란다.

01

해외여행,
처음입니다만

01 _ 우리 배낭여행 가자

"선경아, 배낭여행 같이 갈래?"

97년 겨울. 대학교 3학년 때 친구 소은이가 내게 남긴 삐삐 음성 메시지다. 33일에 걸친 유럽 대장정은 그렇게 시작되었다. 생애 첫 배낭여행이었다.

소은이는 '코스모스'라는 아마추어 천체관측 동아리 친구이다. 나는 무엇을 하는 동아리인지 자세히 알아보지도 않고 가입을 했던 탓에 동아리 가입 후에도 특별한 애정을 못 느꼈다. 문과 체질인 나에게 과학은 그저 넘기 힘든 산이었다. 10월 추계 관측회로 보현산 천문대를 다녀온 이후, 동아리 활동과 사람들에게 애정이 싹트기 시작했다. 10월에 야외에서 텐트를 치고 자는 것은 난생처음이었다. 생각보다 훨씬 추웠다. 동이 틀 때까지 동기, 선배들과 텐트 안에서 이런저런 이야기를 나누고, 밤하늘에 쏟아지는 별을 보며 감탄했다. 천체 망원경으로 달과 목성도 관찰했다. 목성을 둘러싼 띠가 이토록 아름다운지 예전엔 미처 몰랐다. 목성 띠를 본 순간의 감동은 20년이 지난 지금도 생생하다. 나 자신이 특별한 존재가 된 것 같았다. 지금까지 살면서도 그렇게 낭만적인 장면은 없었다.

그날 이후, 나와 소은이를 포함한 2학기 가입 동기 넷은 동아리 활동에 푹 빠지게 되었고, 수시로 동기들과 천체 관측을 떠났다. 화왕산에 코스모스 동아리 관측 본부가 있다. 나는 아빠한테 빌린 20리터짜리 배낭과 망원경을 둘러메고 산에 올랐다. 산행에 익숙한 친구들은 책가방 크기의 작은 배낭을 메고 왔다. 산행에 초보인 나는 무거운 배낭을 멘 채, 두 시간 동안 힘겨운 산행을 할 수밖에 없었다. 화왕산 정상을 지나 동아리 관측소에 도착했다. 힘든 것도 잠시, 고생 끝에 먹은 음식은 꿀맛이었다. 밥도 직접 해먹고, 별도 보고, 수다도 떠는 그 재미에 그 후로도 나는 화왕산을 수도 없이 오르내렸다.

나는 초등학교 때까지 칠곡에서 자랐다. 그래서 시내 나갈 일이 거의 없었다. 차를 많이 타보지 않아서인지 타고난 체질 때문인지, 나는 멀미가 유난히 심했다. 내가 6학년이 될 때, 우리 집은 이사를 했다. 매일 40분씩 버스를 타고 통학을 하다 보니 멀미로 고생을 해야 했다. 부모님은 농사일에 늘 바빴던 탓에 엄마와 나들이 간 기억이 나에게는 없었다. 어린 시절 멀미와 바쁜 부모님으로 인해 나는 여행과는 전혀 거리가 먼 환경에서 성장했다.

지금은 엄마 뱃속에 있을 때부터 해외여행을 다닌다고 하지만, 시골 출신인 나는 대학교 3학년 때 처음으로 비행기를 탔다. 친구의 한마디에 여행을 결정했다. 당시 대학생들 사이에 배낭여행이 유행이기도 했고, 나 역시 언젠가는 가보고 싶다는 바람을 품고 있었기에 선뜻 결정할 수 있었다.

여행은 내게 모험과도 같았다. 기껏해야 대학 동아리 등산이 전부였던 내가 한 달이 넘는 기간 동안, 그것도 유럽여행을 한다는 것은 상상도 하기 힘든 일이었다. 새로운 세계를 향한 첫 발걸음이었고, 그렇게 나는 여행의 맛을 알아가기 시작했다.

여행은 시작부터 난관이었다. 무엇이, 얼마나 필요한지, 예측이되지 않았다. 산더미처럼 짐을 이고 갈 수도 없는 노릇이었다. 돈은 얼마나 필요할지, 생필품은 어디까지 챙겨야 하는지, 숙소와 교통편은 어떻게 해결해야 하는지, 여행에 대한 기본 상식이 하나도 없다는 사실에 답답하고 막막했다. 친구 소은이에게 모든 걸 맡길 수도 없는 노릇이었다. 여행사를 찾아가 상담을 하고 받은 자료들을 보며 하나씩 챙기다가도 문득 될 대로 되라는 무대포 정신이 들었다.

"뭐 챙겨야 해?"
"야! 걱정 좀 하지 마! 설마 멀리 이국땅에서 죽기야 하겠어?"
소은이의 거침없는 말에 조금은 용기가 생기기도 했다.
'그래! 설마 무슨 일이야 생기겠어? 굶지 않고 길만 잘 찾아다니면 그뿐이지 뭐!'

97년 12월 5일. 나와 소은이는 우리 키 만한 배낭을 짊어지고 인천 공항에 도착했다. 막상 집을 떠나오니 속이 시원하기도 했고, 살짝 두렵기도 했다. 온실 속에서 가족의 보살핌만 받으며 곱게 자란 내가 황망하고 거친 세상 속으로 처음 내딛는 길이었다.

사실 나는 새로운 도전 앞에서 망설이는 경우가 많다. 두려움과 불안함 때문에…, 삶에서 내가 잃은 것은 주저함 때문임을 이제는 안다. 스무 살 시절, 그 막막했던 한 걸음이 나를 바꾸었다. 이제는 무슨 일이든 배우고 도전한다. 덕분에 성장한다. 내 인생은 내가 만드는 것이고, 두려움과 불안함은 한 걸음 내디딤으로써 극복할 수 있다는 사실에 한 치의 의심도 없다. 성장이란, 작은

성공체험으로 만들어진다. 언제 어디서든 친구의 한 마디가 들려
오면, 나는 망설이지 않고 배낭을 둘러멜 거다.

"선경아, 배낭여행 갈래?"

02_ 엄마 없이 어떻게 살아

 "우리 엄마는요, 내가 원하는 건 뭐든지 다 해줘요."
"엄마 없이 어떻게 살아요? 단 하루도 못 살아요."
나는 엄마 없이는 못산다는 말을 입에 달고 살았다. 그런 내게 엄마 없이 살아야 하는 날이 왔다. 이제 더 이상 엄살이 통하지 않았다. 집이 아닌 낯선 곳에서의 33일! 엄마 없이 살아보기.

친구 소은이의 배낭여행 제안에 선뜻 가겠다고 한 후, 부모님의 허락을 어떻게 받아낼지가 걱정이었다. 내 기억 속 아빠는 늘 무서운 분이었다. 어릴 적 아빠를 떠올리면 퇴근 후, 방이 어질러져 있으면 동생과 나를 무섭게 혼냈던 기억, 늘 호통치는 모습이 대부분이었다. 자라면서도 아빠와 살갑게 대화해 본 기억이 없었다. 나는 이야기할 것이 있으면 늘 엄마를 통했다. 엄마가 아빠와

나를 잇는 메신저였다. 아빠에게 경제권이 있었기에 용돈이 필요
할 때마다 엄마의 옆구리를 찌르곤 했다.

"나 기말고사 끝나는 날, 친구랑 영화 보러 가기로 했어.
아빠한테 이야기 좀 해줘 엄마~~."
늘 이런 식이었다.

하지만 배낭여행 건은 엄마한테만 맡길 수가 없었다. 처음으로
용기 내어 아빠에게 말했다.

"아빠, 나 친구랑 배낭여행 가려고 하는데요?"
"어디?"
"유럽…."
"그런데는 뭐 하러 갈라 카노. 근데 얼마 필요한데?"
"여행사에 낼 게 100만원정도. 그리고 내가 쓸 용돈 50만원정도?"
"그렇게나 많이 드나?"
"내가 나중에 돈 벌어서 꼭 갚을게요."

나는 아빠가 안된다고 버럭 소리치실까봐 두근거리는 가슴을 애
써 진정시키며 대답을 기다리고 있었다.

"그래, 그래라. 내가 여행비 내줄테니 조심해서 가따 온 나."
당시 대학생 사이에 배낭여행이 유행인 것을 아빠도 알고 계셨을

까? 엄마를 통하지 않고 내가 직접 한 부탁이라 들어주신 걸까? 생각보다 쉽게 허락을 받아서 얼떨떨하면서도 뛸 듯이 기뻤다.

부모님의 허락을 받고 예약을 완료하고 출발날짜가 다가올수록 나는 또 다른 걱정이 앞섰다. '과연 한 달이라는 시간 동안 엄마와 떨어져 지낼 수 있을까? 엄마가 보고 싶어서 눈물이 나면 어떡하지? 중간에 돌아올 수도 없을 텐데. 그냥 다 없던 일로 하고 여행 안 간다고 할까?' 오만가지 생각이 들었다. 기껏 여행가도 된다는 허락을 받고 나니 이제는 엄마를 떠나 혼자 잠을 자야 한다는 게 걱정이라니. 스스로도 한심한 생각이 들었다.

어릴 적 나는 엄마 '껌딱지' 였다. 수줍음도 많고, 무서움도 많아 낯을 많이 가렸다. 처음 보는 사람과는 거의 말을 섞지 않았다. 상대방이 말을 걸어오기 전까지 먼저 입을 떼는 법이 없었다. 부끄러워서 어른들한테 인사조차 제대로 하지 못했다. 그나마 엄마가 옆에 있어야 기가 살았다.

7남매 맏며느리인 엄마는 명절에도 친정에 갈 수가 없었다. 시동생, 시누이들이 다녀간 후, 명절날 밤늦게까지 혹은 다음 날이 되어서야 겨우 손님 치르느라 엉망이 된 집 정리를 마칠 수 있었다. 어린 마음에 친척들이 우리 엄마를 고생시키는 것 같아 밉기도 했다. 하지만 나도 엄마를 곤란하게 하기는 마찬가지였다.

"엄마가 내일 외할머니집 가서 하루만 자고 올게."

"안 돼! 엄마. 나는 엄마 없이는 못 자. 가지 마."

"그럼 엄마랑 같이 가자."

"알았어. 그런데 잠은 안 자고 올 거야. 우리 집이 아닌 데서 자는 거 불편하단 말이야."

엄마가 외할머니 댁에 가서 하루만 자고 오겠다고 해도, 내가 울고불고 난리를 쳤다. 엄마와 떨어지는 건 있을 수 없는 일이었다. 어쩌다가 나와 같이 가도 엄마는 친정에서 하룻밤 자고 오는 게 쉽지 않았다. 낯선 곳에서 자는 것을 싫어하는 나 때문에 그냥 집으로 온 적이 많았다.

고등학교 시절, 밤 12시 야간자율 학습을 마치고 스쿨버스를 타고 집 앞에 내리면, 엄마가 늘 마중을 나왔다. 밤늦게 집으로 돌아오는 골목길을 혼자 걷는 게 무서워서 엄마를 불러내곤 했다. 골목 저 끝에서 엄마가 항상 나를 기다리고 있었다. 대학교에 들어가서도 친구들과의 모임으로 늦은 날엔 엄마를 불러냈다. 지금 생각해보면 얼마나 귀찮았을까. 그래도 싫은 내색 한 번 하지 않고, 엄마는 늘 나를 기다려줬다. 이런 겁 많은 내가 스무 살을 갓 넘기고 혼자 배낭여행을 떠나게 되었으니 엄마와 떨어질 걱정을 하지 않을 수 없었다.

인천공항에서 출발해서 암스테르담을 거쳐 그리스에 도착하는 것이 여행 첫날 일정이었다. 암스테르담에서 환승해야 할 비행기가 연착되는 바람에 예상치 않게 공항 근처에서 1박을 해야 했다. 숙소에 무사히 도착해서 잠들 때까지 집 생각은 나지 않았다. 나는 눈앞에 닥친 상황을 해결하느라 엄마 생각을 할 겨를이 없었다. 도시를 이동할 때마다 걱정하실까봐 전화를 드리기는 했지만, 매일 낯선 여행지에서 살아내는 문제가 내 눈앞에 닥치자, 엄마가 보고 싶다는 생각을 할 틈이 없었다. 이러한 상황이 나에게는 조금은 충격이었다. 그리고 이상하게 양심에 찔리기도 했다. '이렇게 엄마 생각을 하지 않아도 되는 것일까?' 엄마가 서운해 하지 않을까 싶었다.

엄마는 서운해 하기는커녕 "우리 딸이 이번에 유럽 배낭여행 다녀왔잖아."하며 오히려 친구들에게 자랑했다. 취직 후, 내가 미국 연수나 유럽 연수를 다녀올 때마다 친척들이나 친구들에게 또 자랑하셨다. 내가 하는 모든 것이 엄마의 자랑거리였다. 엄마 곁을 지키는 것도 좋지만, 넓은 세상에 나가 다양한 경험을 하고, 그 경험을 바탕으로 세상에 나가 제 역할을 하며 사는 것이 효도인 것 같다.

나는 여행지에서 엄마가 없는 새로운 환경에 적응하기 위해 혼자

힘으로 도전하고, 모험하며 위기를 극복했다. 엄마가 해주던 일을 혼자 스스로 하며 자립심과 인내심을 배웠다. 평소에는 하지 않던 빨래도 내 손으로 해야 했고, 남한테 절대 먼저 말을 걸지 않던 내가 용기 내어 낯선 이에게, 한국말도 아닌 영어로 말을 걸어야 했다. 더군다나 나는 영어 전공자라는 이유로 더 적극적으로 앞에 나서야 했다. 그때 내가 엄마 없이도 살 수 있다는 것을 깨달았다.

나이 60에 효도 관광 간다고 인생이 달라지지는 않아요. 하지만 나이 스물의 배낭여행은 인생을 바꿀 수 있어요.

– 김민식(2019), 〈내 모든 습관은 여행에서 만들어졌다._ 230쪽〉

귀한 자식일수록 고생은 사서 시켜야 한다는 말이 있다. 아이들에게 엄마 품을 떠나 온몸으로 세상을 부딪치며 엄살을 떨쳐낼 기회를 주자. 내 '껌딱지' 인 우리 아들이 스무 살이 되면 꼭 배낭여행을 떠나라고 할 것이다.

"아들아, 너도 엄마 없이 살 수 있어?"

03_ 한 달 유럽 여행으로 20년 행복하기

사진첩에서 발견한 낡은 사진 한 장. 앳된 20대의 내가 나를 보고 웃고 있었다. 내 인생에 다시 없을 유럽 한 달 살이. 다시 돌아갈 수 없는 시간이라 더 소중하게 여겨진다. 용기 내어 떠나지 않았다면 가질 수 없었을 수많은 추억과 깨달음. 그때의 경험들이 나를 성장하게 했다.

불어를 전공한 나로서는 프랑스에 간다는 사실에 기대가 컸다. 당시 한국에서 크게 히트했던 영화 〈퐁네프의 연인들(Les Amants Du Pont-Neuf)〉의 영향인지, '퐁네프 다리'를 건널 때는 괜히 가슴이 두근거리기도 했다. 파리 어디에서나 보이는 에펠탑에 서서히 정이 들 때쯤 프랑스 남부 도시 아를르(Arles)로 떠났다. 아를르에서 일행과 떨어져 소은이와 단둘이 이틀을 보냈다. 이전까지는 한국에서 같은 날, 같은 비행기를 타고 간 11명이 함께 움직였다. 프랑스 일정 중, 이틀은 멤버들 각자 일정대로 움직이기로 했다. 나와 소은이 둘이서만 움직이다 보니, 아무래도 내 책임이 더 막중했다. 내가 언어를 책임져야 하는 상황이었기 때문이다. 아를르에서 숙소를 잡을 때 서툰 불어로, 주인과 대화를 하며 용감하게 깎아달라는 이야기까지 했다. 한국에서 불어를 몇 년이나 배웠지만, 현지에서 활용하게 되리라고는 꿈에도 몰랐다. 나의 불어가 통하는 게 마냥 신기했다. 프랑스 남부하면 니스, 칸느 같은 해변 휴양지를 먼저 떠올리게 되지만, 나는 왠지 사람 많은 곳을 벗어나 조용한 곳으로 가고 싶었다. 아를르는 고흐가 말년을 지냈던 곳이다. '아를르의 연인'이라는 작품이 나를 그곳으로 이끌었다. 로마를 축소해 놓은 듯한 느낌의 도시였다. 아를르 골목에서 아침 산책길에 찍은 사진은 내가 꼽는 유럽 여행 베스트 사진 중 하나이다. 그 날 찍은 사진을 보면 지금도 번화한 도시를 벗어나 조용한 아를르 골목을 걷던 기억이 생생하다.

10여 개국을 다니면서 가장 좋았던 도시를 꼽으라면 단연 로마다. '로마의 휴일'에 나오는 오드리 햅번처럼 젤라토를 먹고, 스페인 계단에 앉아도 보고, 트레비 분수에 동전도 던져 보았다. '진실의 입'에 손을 넣고 포즈를 취할 때는 마치 내가 영화 속 주인공이 된 것 같았다. 콜로세움, 바티칸 시티, 판테온 같은 웅장한 건

아를르 숙소 앞 골목에서 한 컷

강변을 거닐다가 한 컷

물 앞에서는 내가 개미처럼 작아진 느낌이었다. 한 도시에서 꼭한 번씩은 미술관이나 박물관을 들르게 되었는데, 미술사나 유럽역사에 대해 미리 공부를 하고 갔더라면 더 많은 것을 느끼고, 깨달을 수 있었을 텐데 라며 아쉬워하기도 했다. 아는 만큼 보인다는 것을 몸소 체험했다.

흔히 '금강산도 식후경' 이라고 하는데 오스트리아 잘츠부르크(Salzburg)를 여행하면서 이 말을 실감했다. 잘츠부르크 마지막날, '헬브룬 궁전(Schloss Hellbrunn)' 으로 향했다. 영화 〈사운드 오브 뮤직(Sound of Music)〉 촬영지에 가보고 싶어서 여행 계획을 세울 때부터 꼭 가리라 벼르던 곳이었다. 이전 여행지에서 헬브룬궁전으로 이동하기 위해 버스를 몇 시간 동안이나 타야 했다. 저녁에는 다른 도시로 이동해야 했기에 시간이 빠듯해서 점심도 못먹고 버스에 올랐다. 계속 된 여행 탓인지 나는 버스에서 꾸벅꾸벅 졸았다. 창밖으로 펼쳐지는 멋진 풍경을 놓치는 것이 아쉬웠지만, 무거운 눈꺼풀을 이겨낼 재간이 없었다. 헬브룬 궁전에 도착했지만 여전히 지친 상태여서인지 경치가 제대로 눈에 들어오지 않았다. 나는 너무 피곤하고 허기가 졌다. 그렇게 가보고 싶어서 찾아갔던 곳인데 나의 기대만큼 멋져 보이지 않았다. 정원을대충 보는 둥 마는 둥 하고 점심을 먹었다. 배가 채워지고 나니 세상이 달라 보였다. '아, 이래서 옛날 어른들이 금강산도 식후경이라고 했구나.' 하나라도 더 보겠다고 끼니도 거르고 돌아다녔는데 많이 보는 것도 중요하지만, 제대로 보기 위해서는 내 몸 상태가 최상의 상태여야 한다는 것을 깨달았다. 'I am sixteen going to seventeen~~.' 배가 채워지고 나니 그제야 정신이 들었다. 〈사운드 오브 뮤직〉에 나오는 노래를 신나게 흥얼거렸다. 마치 영화속에 나오는 10대 소녀가 된 기분이었다.

33일 유럽 배낭여행 중 내가 가장 많이 쓴 영어는 "Can I have hot water?"였다. 숙소에 도착하자마자, 카운터에 가서 "뜨거운 물 있어요?"라고 물었다. 한국에서 가져간 컵라면을 먹기 위해서였다. 첫 숙소에서는 다들 영어 전공자인 내게 물어보라며 내 등을 떠밀었다. 쭈뼛쭈뼛 거리며 민망함을 무릎 쓰고 카운터에 이야기했다. "Excuse me, Can I have hot water?" "Hot water? OK, No Problem." 의외로 쉽게 뜨거운 물을 얻어냈다. 왜 필요한지 이유는 굳이 밝힐 필요도 없었다. 마음의 준비를 하고 있었는데 그냥 한마디면 됐다. 역시 영어 전공자는 다르다며 일행들의 찬사가 이어졌다. 영어 한마디로 일순간에 원어민 취급을 받았다.

매번 나에게 의지할 수 없는 일행들이 서서히 용기를 내기 시작했다. 뜨거운 물을 받아들고 좋아하는 일행들의 모습이 지금도 생생하다. 영어 한마디에 자신감을 얻게 된 친구들. 도시를 이동하면서 숙소를 바꿀 때마다 뜨거운 물 얻는 것이 우리 일행의 루틴이 되었다. 기껏해야 3일에 한 번씩만 호텔에서 잘 수 있는 형편이라 그 어떤 음식보다도 뜨거운 물이 귀하고 반가웠다. 그때 먹은 컵라면 맛은 지금도 잊을 수가 없다. 엄마가 정성스레 싸주신 고기를 볶아 넣은 고추장도 참 유용했다. 파리에서는 돈을 아끼느라 늘 바게트 빵으로 끼니를 때웠는데, 그 고추장이 아니었으면 어찌 버텨냈을까 싶다. 역시 한국인의 입맛엔 고추장. 라면은 역시 메이드 인 코리아다.

"너희들 노래 한 곡 불러볼래?"
폼페이로 이동하면서 기차 안에서 불렀던 노래 '조조할인' 사실 내가 최애하는 가수 노래도 아니고, 당시 유행하던 노래도 아니었지만, 나와 소은이 모두 아는 노래 위주로, 신나는 노래를 찾다 보니 그 곡을 골랐다. 23년 전에 불렀던 노래를 지금도 기억하다니 놀랍기만 하다. 당시 대학생들이 다니는 배낭여행의 컨셉은 최대한 많은 관광지를 돌아보고, 다니는 것이었다. 그런데 그 많은 곳을 가고도 기억에 남는 곳은 그리 많지가 않다. 당시 일행들과 나누었던 대화, 함께 봤던 공연, 순간순간의 내 감정, 특정 장소에 대한 느낌이 더 생생하게 남아 있을 뿐. 폼페이에서는 내리쬐는 뜨거운 태양, 여기서 길을 잃으면 어떡하나 괜히 소름끼쳤

던 기억만이 남아 있다. 폼페이의 역사적인 지식 따위는 기억에
남아 있지 않다.

폼페이에서 소은이와 나

하지만 우리 함께한 순간 이젠 주말의 명화 됐지만

가끔씩 나는 그리워져요. 풋내 가득한 첫사랑

아직도 생각나요. 그 아침 햇살 속에 수줍게 웃고 있는 그 모습이

수많은 연인들은 지금도 그곳에서 추억을 만들겠죠. 우리처럼

-이문세, 〈조조할인〉

노래 가사처럼 우리가 함께한 순간은 사라졌지만 지금도 가끔 그

시절이 그립다. 그 사람들이 그립다. 지금도 수많은 이들이 내가 갔던 그곳을 방문하면서 추억을 만들고 있겠지. 오늘은 그 시절을 함께 한 친구에게 전화라도 한 번 해봐야겠다.

"소은아! 네 얘기를 내가 쓰고 있어. 그때 기억나니?"

04_ 이제 무엇이 두려우랴

33일간의 유럽 배낭여행을 다녀온 후, 내 삶은 조금 더 적극적으로 바뀌었다. 33일을 타국에서 잘 살아냈다는 자신감이 나를 한 뼘 더 성장하게 했다. 엄마 없이는 단 하루도 살 수 없을 것 같았는데, 엄마와 떨어져서는 잠도 못 잘 것 같았는데, 매일 밤 엄마가 보고 싶어서 울 것만 같았는데 신기하게도 여행 기간에 엄마 생각이 그렇게 많이 나지는 않았다. 하루하루 내 몸 지켜내는 것만으로도 버거운 날들의 연속이라 그랬으리라.

초등학교 6학년 아들을 키우면서 부모님의 마음을 조금씩 이해하게 되었다. 아들이 커서 배낭여행을 간다고 하면 과연 나는 어떤 반응을 할까? 허락하기가 쉽지는 않을 것 같다. 아들 걱정에 내가 잠 못 들 것이 뻔하기 때문이다. 엄마, 아빠는 걱정되고, 보고 싶었을 텐데도 여행 중 전화했을 때 안달하지 않았다. "그래, 너 건강하면 됐다. 조심해서 다녀라." 한마디뿐이었다. 그 한마디에 많은 뜻이 내포되어 있다. 그렇게 묵묵히 나를 믿고 지켜봐 주는 이의 존재가 뭐든 도전해 보고 앞으로 나아갈 수 있는 원동력이 되었다. 믿고 지켜봐 주고 도움이 필요할 때는 언제든 달려와 주는 그런 존재가 있다는 것만으로도 나에게 얼마나 큰 힘이 되었는지. 이 글을 쓰면서 다시 한 번 부모님에게 고마움을 느낀다.

여행을 다니면서 나의 미래에 대한 고민도 많이 했다. 대학교 졸업을 1년 앞둔 시기였으니 졸업 후 진로에 대한 고민을 하지 않을 수 없었다. 내 주전공은 불어이고, 부전공은 영어다. 고등학교 진로희망대로 영어영문학과에 입학을 하지 못했다는 사실, 주전공과 부전공 두 언어 다 완벽하지 않다는 생각에 대학을 다니면서 종종 주눅이 들곤 했다. 그런데 유럽 여행을 다녀오면서 영어와 불어 실력에 어느 정도 자신감이 생겼다. 외국어를 배우기만 했지 써먹을 데가 없었는데 33일간 유럽에서 영어와 불어로 살아남았으니 자신감이 생겼던 것이다. 사범대학을 다니면서도 입학후, 한동안은 교사가 될 생각은 없었다. 번역가나 동시 통역사처럼 전공을 살릴 수 있는 직업을 택할 거라고만 생각했다. 환경이 사람을 만든다고, 사범대학을 다니다 보니 자연스레 전공을 살려 불어 교사가 되어야겠다는 목표를 가지게 되었다. 그런데 불어나

독어는 비인기 과목이라 임용에서 자리가 거의 없었다. 불어 교육과, 독어 교육과 학생들이 영어나 국어를 부전공해야 하는 것도 이러한 이유이다. 막연히 불어 교사가 되겠다는 생각으로 별다른 취업 준비를 하고 있지 않던 나는 일단 대학원에 진학을 하기로 했다. 잠시 시간을 번 후, 불어과 자리가 나면 그때 임용시험에 도전해야겠다고 마음먹었다.

나는 대학교 졸업과 동시에 대학원에 진학했고, 아르바이트를 하면서 용돈을 벌어 썼다. 대학원 다닌 지 1년 만에 휴학을 결심하고 임용고시 준비를 하면서 초등전담교사로 일했다. 경제적으로 부모님께 부담 드리지 않기 위해 나름의 길을 찾은 것이다. 엄마가 임용시험에 합격할 때까지 학원비 내줄테니 공부에만 몰두하라고 하셨지만, 내게는 대학교 졸업 후, 경제적 독립은 당연한 것이었다. 어릴 때는 수줍음 많고, 부모님이 심부름 시키는 것도 조심스러웠던 아이가 스스로의 힘으로 살아가게 된 것은 여행의 힘이 크지 않았나 싶다. 33일간의 여행 경험이 나의 생활력을 높이는데 도움이 되었다고 본다. 여행을 하면서 생각보다 내가 강하다는 것을 알게 되었고, 뭐든 할 수 있다는 자신감이 생겼다. 유럽 국경을 몇 번이나 넘었는데 무엇이 두려우랴.

요즘은 더하겠지만 내가 배낭여행을 갔던 당시의 유럽은 소매치기로 악명이 높았다. 귀중품은 크로스백에 넣어 늘 몸 앞에 두고 손으로 꼭 잡고 다녔다. 엄마가 현금을 넣을 복대를 직접 만들어 속옷에 붙여주었다. 이탈리아로 향하는 기차에 막 발을 올리려는 순간 앞에 있던 남자가 갑자기 내 크로스백을 대놓고 잡아당겼다. 그것도 내 눈을 똑바로 쳐다보면서. 어이가 없었다. 사실 겁이 좀 나기도 했지만, 나도 그 남자 눈을 똑바로 쳐다보며 가방을 내 쪽으로 힘껏 잡아당겼다. 나는 밀리지 않았다. 어디서인지 모를 전투력이 솟아났다. 한참 실랑이가 있었지만, 나는 결코 지지 않았다. 끝까지 버텼다. 마침내 기차가 막 출발하려고 할 때, 남자는 기차에서 내려 어디론가 사라져 버렸다. 나는 끝내 내 가방을 지켜냈다. 지금 생각해도 어디서 그런 용기가 났는지 모르겠지만, 나는 만만하게 당하는 사람이 아니다. 내 안에 숨어있던 나의 힘을 발견한 순간이었다.

나는 한 권의 책을 책꽂이에서 꺼내서 읽었다.
그리고 그 책을 꽂아놓았다.
하지만 그때의 나는 이미 조금 전의 내가 아니었다.
– 앙드레 지드

앙드레 지드가 한 말을 여행에 빗대어 이렇게 바꿀 수 있겠다.

나는 한 도시를 여행했다.

그리고 집으로 돌아왔다.

하지만 나는 이미 예전의 내가 아니었다.

하나의 경험이 일어난 후에 한 사람의 안과 밖은 달라진다. 수치로 나타내어 보여 달라고 하면 보여줄 수는 없지만, 여행을 가기 전의 나와 다녀온 후의 나는 결코 같지 않았다. 인생에서의 모든 경험이 그러하리라. 그러니 성장과 발전을 위해서는 많은 경험을 하라고 하는 것이 아니겠는가. 여행을 통해서 자립심을 키우게 된다. 그러니 어디로든 떠나자.

Part

02

—

여행 육아

아들에게
전하는 메시지,
엄마로
여행한다는 것

01_ 아들과의 첫 해외여행
[싱가포르 여행기]]

싱가포르에서 한 달 살기. 더 정확하게 말하면 샌즈 호텔에서 한 달 살기. 내 버킷리스트 중 하나이다. 아이와 함께 간 첫 해외여행지라 추억이 많아서 그렇기도 하지만, 샌즈 호텔 옥상 수영장에서 멍 때리기를 하고 싶기 때문이다. 내 인생 최고의 여행지 중 하나가 이 호텔이다.

결혼 전에는 여행을 꽤나 다니던 나인데, 아이를 낳아 키우면서는 해외여행을 갈 엄두를 내지 못하고 살았다. 어린 아들을 데리고 비행기를 탄다는 것 자체가 불가능하다고 생각했다. 싱가포르를 가려고 결정하는 데는 시댁 식구들과 다녀온 제주도 여행의 영향이 컸다. "우리 애들 비행기 한 번 태워주자. 제주도 여행 한 번 알아봐라." 아이들 비행기 태워주고 싶다는 어머님의 제안으로

마리나 베이 샌즈 호텔 수영장

마리나 베이 샌즈 호텔을 배경으로

제주도 여행을 갔다. 걱정과는 달리 아이가 잘 걷고 잘 먹는 것을 보며, 여행 가길 잘했다는 생각이 들었다. 제주도 여행을 성공한 이후, 잠자고 있던 나의 해외 여행 욕구가 스멀스멀 올라왔다. 남편을 설득하는데 시간이 좀 걸렸지만, 결국 싱가포르로 우리 세 식구의 첫 해외여행을 떠나게 되었다.

비행거리도 적당하고 무엇보다 안전한 여행지로 손꼽히는 싱가포르. 숙소를 여기저기 알아보다가 '마리나 베이 샌즈 호텔'을 알게 되었다. 호텔 전경을 본 순간 '아, 여기는 무조건 가야해.' 라고 생각했다. 호텔은 쌍용 건설이 2010년 완공한 복합 리조트인데 세계에서 가장 비싼 건물이며 건물 일부가 52도나 기울어져 있다. 하루 숙박비가 신혼여행 때 갔던 호텔 수준을 능가했다. 망설이다 이야기를 꺼냈는데 남편이 흔쾌히 그렇게 하자고 했다. 그 정도는 써도 된다며 우리도 좋은 호텔에서 한 번 지내보자며 오히려 반기는 기색이었다. 지금이야 한국에도 비슷한 곳이 많이 생겼지만, 마리나 베이 샌즈 호텔 옥상 수영장은 당시만 해도 획기적이었다. 호텔 옥상 전체가 수영장인데, 수영장 끝에서 찍은 사진을 보면 마치 낭떠러지 끝에 있는 것처럼 보인다. 마리나 베이 샌즈 호텔에서 1박을 결정한 날부터 여행 출발하는 날까지 설렘의 연속이었다. 물과 친하지 않은 나였지만, 먼저 인터넷으로 수영복부터 구입했다.

싱가포르 여행을 앞두고 마음먹고 다이어트에 돌입했다. 출산 후 죽어라 빠지지 않던 살이었는데 여행이 좋은 자극제가 되었는지, 디톡스 다이어트를 통해 5키로 감량에 성공했다. "와, 선생님 살 빠졌어요? 어떻게 뺐어요? 허리 부러질 것 같아요. 이제 살 그만 빼도 되겠어요." 주변 사람들이 다 입을 뗄 정도로 나의 몸매는 달라졌다. 해외 여행지라서 기분도 낼 겸 과감하게 민소매에 짧은 바지를 입고 다녔다. 언제 다시 민소매를 입고 다닐 수 있을까? 만약 마리나 베이 샌즈 호텔에서 일주일을 보낸다면 독한 마음먹고 다시 살을 뺄 수 있을 것 같다.

최고급 호텔 수영장에 누워 있으니 내가 특별한 사람이 된 기분이었다. 마냥 누워 시간을 보내고 싶었다. 그런데 이제 여섯 살인 아들 우석이가 그렇게 오랜 시간 물속에서 참아내지 못했다. 배가 고프다고 해서 저녁을 먹고 방에서 쉬다 보니 수영장에 머무는 시간은 별로 되지를 않았다. 다음 날 다시 갈 시간도 빠듯했다. '이럴 줄 알았으면 2박을 잡는 건데' 라는 후회가 들었다. 여행지에서는 역시 돈보다는 경험이 중요하다.

마리나 베이 샌즈 호텔 레이저 쇼는 싱가포르에서 꼭 봐야 할 볼거리 중에 하나이다. 우리는 숙소에서 레이저 쇼를 볼 수 있다고 해서 느긋하게 기다리고 있었다. 그런데 갑자기 비가 쏟아지는 바람에 레이저 쇼가 취소되었다. 관람차를 낮에 타려고 하다가 야경이 더 좋다고 해서 레이저 쇼를 본 후 타러 가기로 일정을 조정했다. 그런데 비가 내리니 관람차까지 못 타게 되었다. '이럴 줄 알았으면 초저녁까지 수영이나 더 할 걸.' 아쉬움만 남긴 채 숙소로 돌아갔다. 역시 여행지에서는 나중으로 미루면 안 된다. 하고 싶은 것이 있으면 그 자리에서 바로 해야 한다.

"어떻게 그렇게 방향 감각이 없냐?"

센토사섬 유니버셜 스튜디오 구경을 마치고 숙소로 돌아가기 위해 케이블카를 타러 가는 길. 내가 길을 찾지 못해 이리저리 헤매다 보니 아이는 짜증이 났고, 결국 보다 못한 남편이 내게 한소리 했다. 방향 감각이 없으면 뒤따르면 되는데 내가 영어로 길을 또 물어봐야 하니, 앞장서지 않을 수도 없고 나보고 어쩌라고!

싱가포르 여행뿐만 아니라 여행지에서 한 번씩 겪게 되는 장면이다. 나는 여행 전에는 어디어디 가고 싶은지 꼼꼼하게 여행 일정을 잘 세우지만, 막상 여행지에 도착하면 방향 감각이 없는 탓에 누군가를 따라다닐 수밖에 없게 된다. 게다가 길치에 지도까지 볼 줄 모르니…. 그래서 어디 가고 싶은지 의견만 말하고, 길을 찾는 건 남편 몫이 된다. 안타깝게도 내가 앞장서면 늘 엉뚱한 곳으로 가게 되어, 길을 찾는 과정에서 서로 언성을 높이게 된다. '여행은 다 그런 거야. 길 잃고 헤매기도 하고 계획대로 되지 않는 거야.' 그렇게 말을 하면서도 막상 그런 상황이 생기면 자꾸 서로를 탓하게 된다. 내가 진짜 왜 그랬을까. 다시 마리나 베이 샌즈 호텔로 여행을 가게 된다면 내 실수를 인정하고 상대의 실수를 너그럽게 받아들이는 지혜로운 아내가 될 수 있을 것 같다. 그러니 꼭 다시 가보자.(웃음)

여행 후 만든 사진첩

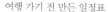

여행 가기 전 만든 일정표

여행 사진첩을 만들고 있는 우석 아빠

아빠가 작성한 여행 사진첩 작성 후기

싱가포르 여행(2013.2.23.~27.)에서 돌아온 그 다음 날 전체교
수회의(2.28.) 참석과 개강으로 인하여 현지에서 찍은 사진과
여행의 생생한 증거품들의 정리를 곧바로 할 수가 없었다. 귀찮
기도 하고 하루 이틀 미루다 보니, 결국 2013학년도 여름방학
이 한참이나 지나간 무렵(8.9.)에야 겨우 정신을 차리고 논문 쓰
듯이 하룻밤을 새우면서 모양을 찾아가기 시작하였다.

컴퓨터 폴더 안의 수많은 사진 더미를 헤치면서 챙겨온 자료와
상황, 그리고 일정에 맞는 적당한 사진을 고르는 일이 가물가물
한 기억 속에서 쉬운 게 아니었다. 연일 37도를 오르내리는 날
씨에 결국 다음날 대구문화예술회관 커피숍(커피명가)에서 가족
모두 팥빙수와 스무디를 먹으면서 두 시간 반 정도의 작업 끝
에 거의 완성 단계에 이르렀다.

우석 엄마는 인터넷에 사진첩 만드는 사이트에 주문하자고 하
였으나, 우석이를 동반한 첫 해외여행 기념 사진첩이기에 시간
이 걸리고 귀찮더라도 직접 만들어보기로 하였다. 그런데 앞에
서도 언급했듯이 무려 반 년 남짓 지나서 사진첩을 만들려니
올여름 유난스러운 폭염과 함께 기억도 희미해져가고, 우석 엄
마의 깨알 같은 정보수집으로 인하여 나름대로 알찼던 일정이

었던지라 여정의 퍼즐을 맞추기가 여간 성가신 게 아니었다. 그렇지만 애당초 직접 사진첩을 만들 계획으로, 여행 중 각 자료와 영수증 등을 모아두었기에 그걸 토대로 기억을 더듬으면서 일정별로 사진과 현지 자료들을 정리할 수 있었다.

호기심 많은 6살 우석이가 시간이 지나서 이 사진첩을 보고 "아, 그랬구나!"라는 유년의 소중한 기억을 되돌아 볼 수 있도록 함에 더하여, 이 사진첩이 자료 수집의 의미와 정리의 습관을 일깨워주는 도구가 되었으면 더할 나위가 없겠다. (2013.8.17.)

02_천등에 적어 띄운 소원
[대만 여행기]

싱가포르 여행에서 자신감을 얻은 나는 다음 해에도 해외여행을 떠날 계획을 세웠다. 남편의 의견을 받아들여 비행시간은 짧고 깨끗한 도시로 물색했다. 당시 '꽃보다 할배'라는 TV프로그램이 큰 인기를 끌었다. 우리 가족도 꽃할배들이 간 코스대로 먹거리도 풍부하고, 볼 것도 많은 대만으로 여행을 떠나기로 결정했다.

나는 여행을 준비하면서 대만 관련 영화를 여러 편 보았다. '푸퉁푸퉁 타이완(두근두근 대만)'이라는 여행사 광고에 걸맞게 영화를 보면서 참 많이 설레었다. 벚꽃 날리는 길에서 두 팔을 벌리고 있는 느낌이랄까. 그러나 현실은 영화 같지 않았다. 아이가 아직 어리고 차멀미가 심한 탓에 장거리로 이동해야 하는 곳은 아예

여행 후 만든 사진첩　　　　여행 가기 전 만든 여행 일정표

꽤 쓸모 있었던 단어카드

일정에 넣을 수가 없었다. 영화에 등장했던 장소를 다 가보지 못해 아쉬웠다. 한 곳만은 포기를 못하고 일정에 넣었는데 그곳이 바로 '스펀'이다. 영화 〈그 시절, 우리가 좋아했던 그 소녀〉 배경이 되었던 곳이다. 주인공 남녀가 데이트를 하면서 천등을 날리고, 두 사람의 마음을 고백하는 장면을 떠올리면 지금도 가슴 설렌다.

우리는 대만 도착 첫날부터 난관에 봉착했다. 공항에서 숙소로 가는 택시 안에서부터 영어가 잘 통하지 않았다. 택시기사와 이야기를 나누면서 길게 이야기 하면 소통이 더 잘 안 되고 단어로 짧게 제시해야 한다는 것을 깨달았다. 대만에서 아주 가끔 남편의 일본어가 통할 때도 있었지만, 그것도 원활하지는 않았다. 여행을 준비하면서 여행 블로거들이 알려준 대로 꼭 필요한 단어와 문장을 카드로 만들어 가져갔다. '이거 써먹을 일이 있을까?' 반신반의 하면서 만들었는데 꽤 쓸모가 있었다. 식당에서 화장실을 가야 하는데 종업원이 영어도 일본어도 알아듣지 못해 난감한 상황이 발생했다. 화장실은 급하고 어찌하나 고민하던 중 마침 준비해 간 카드가 떠올랐다. '화장실'이라고 한자로 적힌 카드를 보여줬더니 종업원이 바로 알아듣고 웃으며, 화장실을 손으로 가리켰다. "오! 신기하다. 사람들이 왜 단어카드를 만들어가라고 했는지 알겠네. 내가 이거 만들어 오길 잘했지?"라고 남편에게 말했다.

타이페이에서 '스펀' 가는 방법은 기차와 택시 두 가지가 있었다. 우리는 아이를 생각해서 택시를 하루 대절해서 관광을 다니는 '택시투어'를 이용하기로 했다. 한국에서 예약하고 가면 더 저렴하다고는 하지만 상황이 어찌될지 모르니, 우리는 현지에서 결정하기로 했다. 타이페이에서 첫날 일정을 소화하면서 '스펀'과 '지우펀'을 하루 만에 택시투어로 다녀오는 상품을 검색해 봤지만, 쉽게 결정하기 힘들었다. 대만 둘째 날, 숙소로 이동하면서 우연히 타게 된 택시기사와 이런저런 이야기를 나누게 되었다. 영어와 일본어가 조금은 통했다. 단어카드를 쓰지 않고도 대화가 된다는 사실에 마음이 놓였다. 마침 택시투어를 알아보고 있던 중이었기에 우리는 그 택시기사에게 다음 날 일정을 맡기기로 했다. 호텔에서 불러준 택시였는데 이런 행운이. 우리 가족과 인연이었나 보다.

스펀은 타이페이에서 1시간 정도 거리에 있는 작은 도시이다. 영화를 보고 꼭 가고 싶기도 했고, 그리 멀지 않아 아이도 소화할 수 있을 거란 생각으로 일정에 넣었다. 그런데 큰 도로를 벗어나 시골길로 접어들 때만 해도 알지 못했다. 그렇게 꼬불꼬불한 산길을 넘어가야 스펀이 나온다는 사실을. 평소 멀미가 심한 나는 어느 순간 말을 잃고 말았다.

"엄마, 나 좀 살려줘. 나 머리가 너무 아파."
"아들아, 엄마한테 말 시키지마. 나도 어지러워 죽겠어."
"엄마, 나 토할 것 같아. 흑흑."
"둘 다 괜찮니? 아이고 어떡하냐."

남편이 앞자리에 앉아서 택시기사와 한참 이야기를 나누다가 뒤를 돌아보니 아이와 내 얼굴이 사색이 되어 있더라는 것이다. 나를 닮아 그런지 아이도 멀미가 심했다. 그래서 장거리 여행지는 일부러 뺐는데, 스펀 가는 길이 이리 멀고도 험할지 몰랐다. 구토가 나오는 것을 억지로 참으며 간신히 버텼다. 드디어 스펀에 도착했다. 영어와 일본어를 어느 정도 할 줄 아는 택시기사였지만,

설명을 해도 아이와 내가 왜 갑자기 아픈지 이해를 하지 못하는 눈치였다. 내가 손가락으로 머리 위에 원을 그리며 아프다는 제스처를 하자, 그제서야 감이 왔는지 도착하자마자 약국에 데려다주었다. 택시기사의 도움으로 멀미약을 사서 먹었다. 맑은 공기를 쐬며, 좀 걷다 보니 다행히 멀미가 가라앉았다. 돌아갈 길이 막막하긴 했지만, 일단 급한 불은 끈 셈이었다.

우리는 산책을 하며 머리를 식힌 후, 천등 가게 쪽으로 향했다. 수많은 가게들이 있었지만 한국인이 운영하는 가게로 들어갔다. 천등 하나를 고르고, 붓으로 우리 가족은 각자의 소원을 적었다.

나 : 우리 집에 문제없게 해주세요. 가족의 건강과 화목
남편 : 올 해 술술 풀리게 해주세요. 부자 되게 해주세요.
우석 : 유치원 적응 잘 하게 해주세요. 학교 들어가면 시험 합격 하게 해주세요.

천등에 불을 붙이자, 신기하게도 우리 가족 소원이 적힌 천등이 하늘 높이 올라갔다. 천등이 하늘로 올라가는 장면을 사진기로 찍고 또 찍었다. 아이는 천등이 하늘로 높이 날아가는 모습에 좋아 어쩔 줄 모르며 팔짝팔짝 뛰었다. 이곳으로 오면서 멀미 때문에 고생했던 기억은 이미 사라지고 없었다. 살다보면 티격태격하

는 상황도 있지만, 낯선 여행지에서 서로를 부둥켜안고 좋아할 수 있는 가족이 내 곁에 있다는 사실이 가슴 뭉클하게 감사했다. 대만여행 내내 맛있는 것도 많이 먹고 관광지도 많이 돌아다녔지만, 아이도 나도 대만여행 중 가장 기억에 남는 장소로 스펀을 꼽았다.

소원을 쓰고 있는 아들 우석이

천등을 하늘로 띄우는 순간

지금까지도 생각나는 계란빵 같이 생긴 간식

스펀 가는 길이 그렇게 험난할 줄 알았다면 처음부터 갈 엄두를 내지 못했을 거다. 하지만 스펀을 가지 않았더라면, 천등 날리는 경험을 하지 못했을 것이다. '아는 게 힘'이라는 말이 있지만, '모르는 게 약'이라는 말도 있는 이유를 이번 일로 알게 되었다. 이렇게 인생을 살다 보면 뭣 모르고 시도해 본 일들에서 의미 있는 경험을 할 때가 많다.

우리는 어떤 일을 시작할 때 미리 계획을 세우고 조사를 하여 완벽한 준비를 갖춘 후, 일을 시작하려는 경향이 강하다. 그래서 미루어 짐작해서 어떤 일은 시도조차 하지 않는 경우도 있다. 완벽하게 준비를 하면 실수를 줄일 수 있겠지만, 때로는 길을 헤매면서 그 과정에서 값진 경험을 하기도 한다. 때로는 예상치 못한 일, 기대하지 않은 일에서 기쁨을 느낀다. 속이 뒤집히는 것을 참고 꼬불꼬불한 산길을 넘어 천둥을 날리면서 맛본 그날의 감동처럼, 인생에서 내 앞을 가로막는 산을 하나하나 넘다 보면 수많은 감동의 순간을 만나게 되리라 믿는다.

03_ 네 손 놓지 않을게
[초등학교 2학년의 눈으로 본 후쿠오카 여행기①]

2017년 겨울방학을 맞아 5박 6일간 후쿠오카로 여행을 다녀왔다. 여행을 하며 매일 사진과 짧은 글을 남겼다. 여행에서 돌아온 후, '내 마음대로 후쿠오카 여행기' 라는 제목으로 몇 편의 글을 블로그에 올렸다.

#내 마음대로 후쿠오카 여행기# 2017년 1월 16일 블로그 기록

여행 내내 아들의 기록을 보고 눈이 휘둥그레졌다. 식당에서, 박물관에서, 문구점 쇼핑하다가, 걸어가면서, 기차 안에서, 숙소에서, 호텔 로비에서, 엘리베이터 안에서도 그칠 줄 모르는 기록 정신에 감탄했다. 기특하고도 기특하여 계속 그 모습을 찍어댔다. 뭘 그리 적었는지 궁금해 수첩과 일기장을 들여다본다. 내겐 낯선 일본 지명과 가게 이

름들이라 벌써 기억이 가물가물한데 꼼꼼하게 기록한 아들 노트 덕에 기억을 새롭게 더듬어 본다. 먼 훗날 아들에게나 우리 부부에게나 정말 소중한 추억이 되리라. 가족끼리 많은 시간을 함께 하고 서로 배려하고 아끼며 관계가 돈독해지는 것만으로도 여행의 큰 의미가 있는 듯하다. 문득 초등 2학년인 우리 아들이 커서 뭐가 되려나? 궁금해진다.

여러 에피소드 중에 당시 초등학교 2학년의 눈으로 본 후쿠오카 여행기를 몇 편 정리해 볼까 한다.

〈후쿠오카 1일차 – 1월 9일(월) 아들의 수첩 기록〉
한국이랑 다른 점 아직 없음. 하나 빼고. 운전석이 오른쪽.
신사는 소원을 비는 곳. 소원을 빌기 위해 만듦. 점을 볼 수도 있음. 야끼소바 먹었는데 생긴 게 자장면 같다. 뭔지 몰라도 무슨 헌 식물을 들고 있는데 그걸 새 걸로 바꿔주면서 운을 말해준다. 3, 4시간은 서 있어야 한다.
기차 박물관, 1831년에 증기기관차가 처음 나왔음. 반원으로 된 이상한 기차도 있음. 설명은 없어도 1900년대에 지금과 비슷한 기차가 만들어진 것 같다. 레스토랑처럼 좌석이 있는 기차가 옛날에 있었다. 밖(역)도 볼 수 있다. 영화관과 이어져 있다. 〈스타워즈 로그원〉 사진도 찍고, 〈씽, 너의 이름은〉(일본꺼) 〈패신져스〉(집에 가서 볼꺼) 포스터를 뽑았다.

키와미야 함바그 스테이크. 밖에서 엄청 기다렸다. 들어가서 고기를
엄마가 구워주고 미소된장 국물이랑 샐러드, 밥도 먹었다. 기름이 튀
어서 냅킨 같은 것도 했다. 후식(서비스)으로 아이스크림도 받았다.
도큐핸즈. 엄마랑 1층에서 우산 사고, 5층에서 다이어리랑 필통도 샀
다. 맨 처음에 6층에서 다이어리 찾았다. 숙소로 감. 끝.

〈후쿠오카 1일차 - 1월 9일(월) 아들의 일기장 기록〉
오늘 일본 후쿠오카에 갔다. 후쿠오카 공항, 신사, 기차 박물관, 일본
영화관(영화 안 봤음. 포스터 뽑음), 함박 스테이크 집, 도큐 핸즈에 갔
다. 함박 스테이크 집에 대해 쓸 거다. 4 : 20분쯤에 줄을 섰다. 그런
데 앞에 사람이 많아서 엄청 오래 기다렸다. 들어가니까 직접 자기가
굽는 거였다. 나는 못 구워서 엄마가 구워줬다. 쌀밥이랑 미소시루도
맛있었다. 고기도 맛있었다. 후식(서비스)으로 아이스크림도 맛있었
다. 이동할 때 걸어가서 손이 차가웠는데 그래도 맛있었다. 가게에는
젓가락이 2개인데 하나는 굽고 하나는 먹는데 썼다. 먹고 도큐 핸즈
에 갔다.

초등학교 저학년들이 쓴 일기가 대부분 그렇듯 자신의 느낌이나,
생각보다는 시간상 일과의 나열이 전부이다. 그래도 당시 아이가
수첩에 뭔가를 끊임없이 기록하는 것이 너무 신기했다. 일기장에
그 내용을 정리해서 적은 것이 참 기특했다. 맛집을 찾아다니느

라 식당에서 대기할 때가 많았는데 짜증내지 않고 그 시간에 수첩에 기록을 하는 아들이 지금 생각해도 대견하다. 날씨 춥다고 장갑 꼭 끼고 다니라고 그렇게 이야기 할 때는 듣지 않더니, 아이스크림 먹을 때는 손이 차가웠는지 컵을 받치는 손에 장갑을 끼고 먹는 모습을 보고 남편과 한참을 웃었다.

아이가 약하게 태어났고, 잘 먹지 않는 체질이라서 키우면서 걱정이 컸다. 싱가포르, 대만 여행 다닐 때 의외였던 것은 아이가 여행을 다니면서 집에서보다 훨씬 더 잘 먹는 거였다. 아무래도 하루 종일 걷다 보니 체력소모도 있었을 테고, 여기저기 구경하면서 기분도 좋아서 그런 것 같았다. 일본 여행 중에도 아이가 구경하는 것을 즐기는 것은 물론이며, 밥을 잘 먹어서 엄마로서 진짜 고마웠다.

이날 '도큐핸즈(우리나라 핫트랙처럼 큰 서점)'에서 까딱 잘못하면 우리 아이가 미아가 될 뻔 했다.

"나는 수업에 쓸 책을 좀 봐야 해서 2층 서점에 가야겠는데."
"인터넷에서 봐둔 다이어리가 있어. 일본에서만 살 수 있대. 난 우석이하고 5층에서 다이어리랑 문구 구경하고 있을게."
"그럼 1시간 후에 2층 입구에서 만나기로 해."

남편과 약속 장소를 정하고 엘리베이터에 올라탔다. 엘리베이터에 타고 나서 몸을 돌려보니, 아이가 엘리베이터 문 밖에 서 있었다. 난 아이가 당연히 내 옆에 붙어있는 줄 알았는데…. 아차! 싶은 순간 엘리베이터 문이 닫히기 시작했다. 문이 막 닫히려는 순간, 나는 열림 버튼을 정신없이 눌러댔다. 다행히 엘리베이터 문이 열렸고, 아이는 내 품에 안겼다.

"엄마, 왜 우석이 안 챙겼어. 왜 엄마 혼자 갔어~"

아이가 내 품에 안겨 왜 자기를 안 데려가려고 했냐며 울먹였다. 몇 초 안되는 시간이었지만, 슬로우 모드로 비디오가 플레이 되는 느낌이었다. 아이가 얼마나 불안했을까. 어찌나 미안하던지. 엄마가 되어서 쇼핑에 정신이 팔려 아이도 제대로 못 챙긴 것 같아 죄책감이 들었다. 그래도 아이를 잃어버리지 않아 얼마나 다행인지. 만약 그때 엘리베이터 문이 닫혔다면, 나는 어떻게 했을까? 1층으로 달려 내려가 아이를 찾았겠지? 아이가 그 자리에 가만히 있어야 할 텐데. 만약 엄마 찾느라 돌아다녔더라면. 생각만 해도 끔찍하다. 평소에 엄마를 놓치면 움직이지 말고 그 자리에 있으라고 교육을 단단히 시켜놓긴 했지만, 아이가 당황하다보면 어떤 행동을 할지 모르니. 지금 이 글을 쓰면서도 그때 그 순간을 떠올리면 가슴이 쪼그라든다. 일기장에 엘리베이터 사건은 안 적은 걸로 봐서 아이가 크게 마음에 담고 있지 않은 것 같아 그나마 다행이다. 그때에 비하면 지금은 많이 컸지만, 앞으로도 어떤 상황에서도 아이 손을 놓지 않을 거다. 아이에게 든든한 버팀목이 되어 줄 거다.

04_ 어릴 적 꿈

[초등학교 2학년의 눈으로 본 후쿠오카 여행기②]

〈후쿠오카 2일차 – 1월 10일(화) 아들의 수첩 기록〉

지하철 타는 곳이 3호선처럼 생겼음. 무궁화 같은 걸 탔음. 후츠카이치 역에서 환승했음. 다자이후 텐만구 신사: 왕인 박물관 갔는데 휴일임. 어신소만점. 점심으로 나 라멘, 엄마 오야꼬동, 아빠 카레라이스. 신사 안에 들어가서 운세 뽑음. 길함. 700년 된 나무를 봄. 후쿠오카 돔, 독수리 돔상도 보고 왕정치 일생 보고 상 받은 것이랑 쿠도 선수생활도 봄. 유니폼 파는 데에서 소프트 뱅크 경기 봄. 도큐핸즈 다시 옴. 사진 찍고 밥 먹으러 기다림. 고기 엄청 맛있음. 오렌지주스, 된장국도. 숙소로 감. 끝.

〈후쿠오카 2일차 – 1월 10일(화) 아들의 일기장 기록〉

오늘이 일본 2일째다. 무궁화를 탔고 텐만구 신사, 후쿠오카 돔, 텐진

호르몬에 갔다. 후쿠오카 돔에 대해 쓸 거다. 이곳은 야구장이다. 돔인데 돔 지붕이 열릴 수 있다. 내가 갔을 때는 시즌이 끝나서 닫힌 것만 봤다. 텐만구 신사에서 엄청 걸어서 도착했다. 표를 끊고 왕정치 박물관에 갔다. 왕정치 일생과 사인한 게 있었다. 그리고 이 야구장 홈팀 이름이 소프트 뱅크 호크츠인데 그 팀 유니폼을 입은 로봇이 움직였다. 또 쿠도의 선수생활도 적혀 있었다. 쿠도는 소프트뱅크의 현 감독이다. 밖에 나가서 유니폼 파는 데에 가서 유니폼을 구경하고 저녁 먹으러 갔다. 수리 동상에서도 사진을 찍었다.

#내 마음대로 후쿠오카 여행기# 2017년 1월 16일 블로그 기록

사실 이번 여행은 신랑이 다 계획을 세운 터라 사전지식이 전혀 없는 상태로 식당엘 들어갔다. 먹고 나서야 이것이 곱창이란 것을 알게 되었다. 한국에선 위생관리도 그렇고 냄새도 나고 해서 곱창을 거의 안 먹는데 여긴 너무 맛있었다. 우리 가족 3명이 만장일치로 이번 여행에서 가장 맛있었다고 생각하는 집이었다.

호우루(버리다)+모노(것)=호우루모노의 발음이 와전되어 호르몬이 되었다고 한다. 원래 일본인들은 안 먹고 버리는 것(내장, 곱창 등)이었는데, 배고픈 재일교포들이 버려진 내장 등을 주워서 먹는 것을 보고 일본인들도 이를 음식에 사용하게 되었다고 한다.

모든 식당이 다 그런 것은 아니지만, 대부분의 식당이 단체로 앉을 수 있는 좌석보다는 혼자 앉아서 먹기 편한 우리가 흔히 칵테일 바에서 나 볼 수 있는 그런 좌석배치가 많았다. 특히 일본에서 꽤 유명하다는 라멘 가게에 갔는데 1인석에 칸막이까지 쳐져 있었다. 가족이 함께 들어가도 무조건 1인석에 앉아야 했다. 처음 경험해 보는 광경이라 신기하기도 하고, 재미있기도 했다. 매일 그렇게 식사하라고 하면 너무 삭막할 것 같다는 생각도 들었다. 일본사람들은 남에게 피해를 주는 것도, 받는 것도 싫어한다고 하는데 그런 정서가 음식문화에도 반영되어 있는 것 같다. 그렇지만 공간 활용 능력과 생활 편의를 위한 아이디어는 정말 뛰어난 것 같아 감탄을 금치 못했다.

초등학교 1학년 2학기 때부터 우리 아이의 꿈은 야구선수가 되는 거였다. 어떤 계기로 그 꿈이 시작되었는지 모르겠지만 야구선수의 꿈은 한동안 계속 되었다. 야구부가 있는 학교로 전학을 보내 달라고 꽤 심각하게 이야기 할 정도였다. 체력이 약해서 안 된다며 남편은 처음부터 못을 박았다. 안 되는 이유를 나열하며 아이를 설득하기 바빴다. 나는 어차피 바뀔 꿈 지금 관심 있을 때 실컷 꾸기라도 하라고, 아이의 꿈을 꺾고 싶지 않았다. 아이의 마음을 받아주었다. 함께 야구장을 가기도 하고, 삼성 팬인 아이를 위해 등판에 야구선수 구자욱의 이름을 새긴 유니폼을 사주기도 했다. 나는 친정 앞에 야구장이 있어도 직관한 경우가 손에 꼽힐 정도로 야구에는 1도 관심 없었다. 남동생이 초등학교 시절 야구부여서 온 가족이 야구에 관심을 가질 때도 나는 별다른 관심을 보이지 않았다. 그런 내가 아이 덕에 야구장도 몇 번 가보고, 선수들 응원가도 외워서 부르고, 몇 년간 참 즐거운 한 때를 보냈다. 야구장이 젊은 연인들의 데이트 장소라는 것도 알게 되었다. 그리고 야구경기 자체에 큰 관심이 없던 나는 야구장에서 맛보는 간식과 관중들의 열기가 좋아 아들이 야구장 가자고 하면 못이기는 척 가곤 했다.

초등학교 6학년이 된 지금 아들은 더 이상 야구선수를 하겠다는 말을 하지 않는다. 야구장 가자고 조르지도 않는다. 그냥 기회 될 때마다 야구 경기 중계를 즐겨볼 뿐이다. 아이가 어느 순간부터 자신이 이루지 못할 것 같은 꿈을 더 이상 이야기 하지 않게 된 것이다. 커서 뭐가 될 거냐고 물으면, "엄마, 나는 잘 하는 게 없어. 나는 꿈이 없어. 나중에 커서 내가 뭘 할 수 있을까?" 이런 이야기를 하는 아이가 안쓰럽다. 학교에서 자기소개서를 작성할 때마다 자신은 장점이 없고, 특기가 없다고 말하는 아이를 보면 마음이 아프다. '아직도 어린데 무한한 가능성이 있는데 왜 벌써 저런 생각을 할까? 나는 한 번도 아이의 자존감을 떨어뜨리는 말이나 행동을 하지 않았던 것 같은데 무엇이 아이가 저런 생각을 하게 했을까?' 라는 생각이 든다.

수업 시간에 BTS UN 연설문을 다룬 적이 있다. 자신에게 가장 와 닿는 문장을 표시하고, 그 이유를 말하게 해보았다. 다수의 아이들이 '내가 아홉, 열 살쯤 내 심장이 멈췄다. My heart stopped when I was maybe 9 or 10이라는 문장을 택했다. 한 남학생에게 그 이유를 물으니, 자신은 9살 때부터 어른들이 원하는 대답을 하기 시작했다고 한다. 그 이야기를 들으면서 마음이 아팠다.

And in an intro to one of our early albums, there is a line that says, "My heart stopped when I was maybe 9 or 10." Looking back, I think that's when I began to worry about what other people thought of me and started seeing myself through their eyes. I stopped looking up at the night skies, the stars, I stopped daydreaming. Instead, I just tried to jam myself into the molds that other people made.

저희의 초기 앨범 인트로 중에 이런 가사 구절이 있습니다. "내가 아홉, 열 살쯤 내 심장이 멈췄다." 돌이켜보면, 그때가 다른 사람들이 나를 어떻게 보는지에 대해 걱정하기 시작하고, 그들의 눈을 통해 저 자신을 보기 시작했던 때였던 것 같습니다. 저는 밤하늘과 별을 바라보는 것을 멈췄고, 꿈을 꾸는 것을 멈췄습니다. 대신에 다른 사람들이 만들어 놓은 틀에 저를 끼워 맞추려고 노력했습니다.

- BTS 유엔 연설문 중 일부

내 아들도 딱 그 시기, 아홉 살쯤 자신의 꿈을 잃기 시작한 것이 아닐까 생각하니 안타깝다. 아이의 꿈을 응원하고 지지해 주는 어른이 되고 싶었는데, 내가 제대로 그 역할을 못하고 있는 것 같아 눈물이 난다. 이뤄질 것 같지 않은 꿈이지만 마음껏 꾸는 그런 청소년, 어른으로 성장하면 좋겠다. 그렇게 꿈꾸는 어른이 되기 위해 필요한 것이 여행이 아닐까. 아이의 꿈을 키워주고 응원하기 위해서라도 아이 손잡고 여행을 많이 다녀야겠다.

05_ 아이의 일기를 훔쳐보다
[초등학교 2학년의 눈으로 본 후쿠오카 여행기③]

〈후쿠오카 3일차 - 1월 11일(수) 아들의 수첩 기록〉

쉬 쌈. 벌금 2천엔. 하카타역에서 나가사키로 이동. 멀미약 먹었는데도 멀미남. 멀미약 짝퉁. 또 조금밖에 못 먹음. 도착. 일본 옛날에 무역하던 배에서 사진 찍음. 평화공원이랑 원폭 기념관에 타고 갈 전철 확인하고 전망대 갈 버스 확인하고 일본에 있는 동안 제일 비싼 호텔에 체크인 함. 전철로 원폭 기념관 감. 사람들 사진이랑 타거나 굳어버린 것들이 있음. 또 설명이랑 핵보유국이 있음. 평화 공원에는 석상들이 있다. 전망대는 버스를 타고 도착. 들어가서 사진 찍고 나가니까 엄청 추움. 다시 들어가서 안에 있는 레스토랑에서 밥(밥, 돈까스, 스파게티)을 먹었다. 처음에 자리 없어서 안쪽에 앉았다가 몇 명 나가고 창가에 앉음. 다시 나와서 야경 봤음. 엄청 좋음. 번쩍번쩍! 찍고 내려옴(케이블카). 숙소로 버스타고 가서 패밀리 마트에서 살 거 삼. 끝.

(아이가 호텔 이불에 쉬를 해서 벌금으로 2천 엔을 냈다. 여행 다니면서 아이가 실수를 한 것은 그 때가 처음이자 마지막이었다.)

〈후쿠오카 3일차 – 1월 11일(수) 아들 일기장 기록〉

오늘이 일본 3일째다. 열차를 탔고 원폭 기념관, 평화공원에 갔다. 원폭기념관에 대해 쓸 거다. 기차를 타고 나가사키로 이동하고 기념관에 갔다. 전철을 타고 이동했는데 전철이 신기했다. 도착해서 들어가자 그 때의 사진과 물건, 설명이 있었다. 사진은 죽고 겨우 살아남고 그런 것들이었다. 끔찍했다. 물건은 굳어버린 물건들이었다. 또 그 때 터진 원폭 모형도 있었다. 나와서 평화공원으로 갔다. 기분이 별로 좋지 않았다.

〈후쿠오카 4일차 – 1월 12일(목) 아들의 수첩 기록〉

전철 또 탐. 타고 식당에서 사진 찍고 나서 구라바 정원에 옴. 에스컬레이터도 있고 잉어도 있음. 원래 영국 사람이 살던 덴데 엄청 큼. ㅋㅋ (스마일 표시). 그루버 하우스 집이 큼. 구라바 다 봄. 밥 먹으러 감. 일본인지 중국집인지 모르는데서 나가사키 짬뽕 먹음. 다 먹고 카스테라 사고 오란다 언덕 감. 사진 겁나 많이 찍고 기념 스탬프도 찍음. 그 다음 전철 타고 네덜란드 사람(상인) 등이 살던 곳 구경하고 스탬프 찍으러 뛰어다님. 다 찍고 카돌이상 호텔로 이동해서 짐 찾고 살 거 사고 스벅에서 코히(커피의 일본식 발음) 마심. 후쿠오카 도착. 호텔 체크인하고 저녁 먹으러 우동 이자카야 감. 다시 호텔가서 쫄병 먹음. 끝. 뱌뱌.

〈후쿠오카 4일차 - 1월 12일(목) 아들의 일기장 기록〉

오늘이 일본 4일째다. 구라바 정원, 사해루, 데지마에 갔다. 데지마에 대해 쓸 거다. 거기는 옛날에 네덜란드 상인들이 살던 곳이다. 옛날 접시랑 먹던 것, 물건이랑 배 모형도 있었다. 그리고 식탁은 서양식이었는데 바닥은 일본식 다다미였다. 그리고 스탬프 찍는 곳 6곳을 찾으러 다녔다. 그런데 중간에 잘못 찍어서 다시 처음부터 찍었다. 다 찍고 기념품으로 카스테라 열쇠고리를 사고 갔다.

〈후쿠오카 5일차 - 1월 13일(금) 아들의 수첩 기록〉

기차 타고 모지코 가서 배타고 군함도 감. 멀미 안 함. 어시장 가서 초밥 사서 먹고 바다에서 산책하다가 돌아와서 아인슈타인이 머물렀던 호텔 감. 점심으로 구운 카레 먹음. 다시 돌아와서 호텔에 체크인 하고 캐널시티에서 분수쇼(원피스) 보고 다시 돌아옴. 끝.

〈후쿠오카 5일차 - 1월 13일(금) 아들 일기장 기록〉

오늘이 일본 5일째다. 군함도, 어시장, 아인슈타인이 머물렀던 호텔을 갔고 구운 카레를 먹었다. 군함도에 대해 쓸 거다. 군함처럼 생긴 섬이라서 군함도라 했다. 배타고 건너갔는데 배가 살짝 빨리 갔다. 도착해서 어시장에서 초밥 먹고 바다 구경을 했다. 바다가 꽝 같은데 같았다. 다시 땅으로 돌아와서 아인슈타인이 머물렀던 호텔에 갔다. 배 타는 게 재미있고 좋았다.

모지코에서 야끼카레를 먹었다. 어느 식당에서 남은 카레를 불에 구워 먹은 것이 그 유래라고 한다. 먹어보니까 카레 위에 계란, 치즈를 얹어 오븐에 구우면 되겠다는 생각을 하게 되었다.

〈후쿠오카 6일차 – 1월 14일(토) 아들의 수첩 기록〉
오늘이 마지막 날. 체크아웃하고 캐널시티에 감. 구경하고 걸그룹 공연을 봄. 점심으로 쇠고기 먹음. 더 구경하고 비행기 타고 공항 와서 우동 먹고 탐. 끝 일본도 끝. ㅠㅠ

〈후쿠오카 6일차 – 1월 14일(토) 아이의 일기장 기록〉
어제가 일본 마지막 날이었다. 캐널시티에 갔고 비행기를 탔다. 캐널시티도 쓰고 비행기에 탄 것도 쓸 거다. 호텔 옆에 캐널시티가 있어서 거기서 시간을 보냈다. 처음에는 댄스 공연을 봤는데 엄청 오래했다. 춤을 엄청 잘 췄다. 어려운 동작도 잘했다. 구경을 오래하다가 소고기로 점심을 먹었다. 구경을 더 하다가 엄마 가방을 사고 공항에 비행기를 타러 갔다. 나는 우동으로 저녁을 먹고 비행기를 탔는데 착륙할 때 심하게 멀미를 했다.

#내 마음대로 후쿠오카 여행기# 2017년 1월 17일 블로그 기록

아이의 기록을 보다보니 한 장면이 떠오른다. 캐널시티에서 우연히 일본 유명 걸그룹 공연을 보게 되었다. 처음에는 분수 공연을 기다리고 있었다. 전문가 필이 나는 카메라들이 몇 대나 설치되어 있길래 뭔가 있는 것 같아 자리를 지키고 유심히 지켜보았다. 리허설이 끝나고 12시에 본 공연이 시작되자, 굉장히 시끌벅적해졌다. 소리를 지르는 사람들은 모두 중년의 남성들이었다. 심지어 후쿠오카에서 4시간 떨어진 곳에서 온 일본 청년도 있었다. 남자들이 그렇게 떼창하는 모습은 처음 봤다. 나에게는 그야말로 문화충격이었다. 머리가 희끗희끗한 할아버지들도 함께 구호를 외치고, 걸그룹의 춤을 따라하고, 사진을 찍는 모습이 참 낯설었다. 걸 그룹과 아재팬들. 참 신선했다.

나에게 가족과 함께 한 일본여행은 여러 면에서 참 편했다. 영어권으로 여행을 가게 되면 비행기, 숙소 예약부터 시작해서 현지에서 길을 묻고, 쇼핑하는 것까지 모두 내가 해야 한다. 하지만 일본여행의 경우 일본어 전공인 남편이 모든 것을 해결하기 때문에 나는 그저 편안히 여행을 즐기면 된다. 곳곳에 한국어로 쓰인 간판과 한국어 방송 서비스가 있어 편리하기도 하고 또 깨끗해서 한국 사람들이 여행하기 참 좋다는 생각이 들었다. 일본 후라노로 신혼여행을 다녀온 이후, 일본에 갈 일이 없었다. 남편이 일본어 전공이라 자주 가게 될 줄 알았는데 결혼 10년 만에야 다시 일본을 가게 되었다. 어느 날 아이가 자기는 왜 유명한 나라로는 해외여행을 한 번도 가지 않느냐며 울먹였다.

"엄마, 왜 나는 유명한 나라에 한 번도 못 가봤어?"
"싱가포르, 대만이 더 여행하기 좋은 곳이고 유명한 곳이야. 너는 벌써 해외여행을 두 번이나 다녀왔잖아"
"우리 반 친구들은 다 일본, 중국 다녀왔는데 나도 가고 싶어. 누구에게나 유명한 곳으로 가고 싶다구!"

뭐 일본 가는 것이 그리 어려운 일도 아니니 일본을 가보기로 했다. 후쿠오카를 선택한 것은 순전히 남편 의견이었다. 아이에게 역사적인 장소를 보여주고 싶었던 모양이다. 나 역시 남편의 선택이 옳았다고 생각되었다. 아이가 역사적인 장소를 돌아보며 이렇게 기록도 열심히 했으니 말이다.

아이의 눈높이에서 쓴 수첩과 일기장을 보면서 다시 한 번 기록의 중요성을 깨닫게 된다. 기록해두지 않았으면 잊힐 기억들이 단어 하나, 문장 하나에 새록새록 살아난다. 이런 기록이 남아있다는 것 자체로 의미가 크다. 우리 가족에게는 하나의 역사이자, 소중한 선물이다.

〈아이가 만든 여행 일지〉

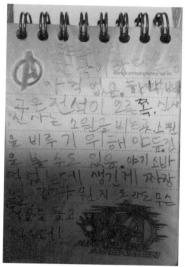

06_내가 살고 싶은 나라
[값진 동유럽 여행기]

 2019년 3월 28일(목) 아이가 쓴 일기, 〈내가 살고 싶은 나라〉

나는 커서 영국에 가서 살고 싶다. 왜냐하면 거기서 살면 멋질 것 같기 때문이다. 그리고 영국에는 관광지도 많고 맛있는 음식이 있을 수도 있기 때문이다. 근데 영국에도 미세먼지가 있을지 모르겠다. 나는 영국에 살면 런던에서 살고 싶다. 하지만 돈을 많이 벌어야 살 수 있을 것 같다. 영국에서 살면 ㅇㅇ도 자주 볼 수 있다. 분위기도 좋을 것 같다. 하지만 영국은 날씨가 흐리다고 들었다. 또 음식이 맛있을 수도 있지만, 영국음식은 맛없다고 들었다. 그리고 인종차별이 있을 수도 있다. 그래서 그냥 한국에서 사는 게 최고다. 혹시라도 돈 많이 벌면 영국에서 살겠다.

2018년, 여름 방학 시작과 동시에 큰 마음 먹고 동유럽 여행을 떠났다. "자기가 가자고 했으니 가고 싶은 사람이 다 알아서 해!" 평소 여행 가기를 싫어하는 남편의 말에, 행여 변덕을 부릴까 얼른 비행기 표부터 끊어버렸다. 몇 년간 주말, 밤낮없이 바쁘게 지내느라 아이와 마음껏 놀아주지 못해 많이 미안했던 터라 무조건 떠나고 싶었다. 손품, 발품을 팔아가며 여행 계획을 세웠다. 보통 동유럽 자유여행하면 체코, 오스트리아, 헝가리를 꼽는다. 나는 이 세 나라 외에 런던을 추가했다. 아들에게 해리 포터가 있는 도시를 보여주고 싶었기 때문이었다. 아이는 초등학교 2학년 때부터 해리 포터 시리즈를 읽기 시작했다. 「해리 포터와 마법사의 돌」,「해리 포터와 비밀의 방」,「해리 포터와 아즈카반의 죄수」,「해리 포터와 불의 잔」,「해리 포터와 불사조 기사단」,「해리 포터와 혼혈 왕자」,「해리 포터와 죽음의 성물」까지. 모든 시리즈를 몇 번이나 읽고, 영화도 수십 번 봤다. 크리스마스 선물로 해리 포터 마법학교 입학 허가증을 받고 싶다고 할 정도로 아이는 해리 포터에 푹 빠져 살았다. 언젠가 꼭 한번 가보고 싶던 동유럽 여행을 실행에 옮길 수 있었던 이유도 이런 아이의 영향이 컸다. 아이가 더 크기 전에, 아이가 동심을 잃기 전에 그리 좋아하는 해리 포터의 도시 런던을 한 번 가보자고 했다. 남편도 못 이긴 척, 그렇게 하자고 결정한 것을 보면 나랑 비슷한 생각을 하고 있었던 모양이다. 아이의 베스트 여행지가 런던인 것은 두말할 필요도 없다. 아이가 런던에서 살고 싶다고 할 정도로 런던에서의 여행을 만족해해서 기뻤다.

런던 브릿지를 나란히 건너는 부자

우석이가 살고 싶은 집

해리포터 마법 학교에 전화 거는 중

빠질 수 없는 런던의 야경

누가 런던을 '안개의 도시'라고 했나? 여행 내내 맑았던 런던 하늘

"나중에 나이 들어서 기회가 되면 프라하에서 한 달 살기 해보면 좋겠네."라고 할 정도로 남편의 베스트 여행지는 '프라하' 였다. 의외였다. 평소 어디 여행가자고 하면 이런저런 핑계로 여행을 즐기지 않던 사람인데, 프라하는 다시 와서 살아보고 싶다고 하니 말이다. 유명 관광지 몇 군데는 관광객으로 붐볐지만, 골목에 들어서면 조용했고, 건물도 다 예뻤다. 아기자기한 맛이 있었다. 아마 그런 분위기가 마음에 들었던 모양이다. 특히 프라하대학이 있던 그 거리를 마음에 들어 했다. 나야 해외여행은 언제든 환영이니까 남편을 부추겨 언젠가 다시 프라하에 가게 될 것 같다.

프라하 야경

찍고 또 찍고 싶은 프라하성

걷고 걸어 드디어 올드타운 시계탑이 보이고

프라하 올드타운 광장에서

부다성에서 본 도나우강

우석이 눈을 사로잡았던 부다성을 지키는 기마병

한편 나는 여행을 다녔던 장소보다는 여러 상황들이 기억에 남았다. 나이 차이가 있어 나를 아이 취급하고 잔소리가 끝이 없는 남편이 여행지에서는 오히려 실수를 해서 남편 놀려먹는 재미가 있었다. 런던에서의 첫날 밤, 새벽 5시 잠결에 인터폰을 받았다.

'Madame, are you OK?'
'Yes, I'm OK.'
'Do you have no problem?'
'I have no problem.'
'I have to check your room. Is is OK?'
'Yes.'

'이 새벽에 왜 자꾸 나한테 괜찮냐고 묻는 거지?' 내가 비몽사몽으로 예스를 연발하고 다시 잠을 청하려는 순간, 초인종이 울렸다. 문을 열자, 건장한 남자 직원 두 명이 서 있었다. 한 명은 인터폰 속 목소리의 주인공인 듯했다. '나 괜찮다고 했는데, 호텔에서 지내는데 아무 문제없다고 했는데 이 사람들이 왜 올라왔지?' 그들은 방에 들어와서 뭔가 확인을 해야 한다고 했다. 그리고 그들은 내가 누워있던 침대를 가로 질러 벽에 있는 단추를 누르고 떠났다. 직원 두 명이 방을 나간 후, 남편의 자초지종을 듣고 나서야 상황 파악이 되었다.

"내가 새벽에 잠결에 안경을 벗은 채로 화장실에 들어갔어. 붉은 줄이 옆에 있길래 아무 생각 없이 잡아당겼지. 줄을 당기고 나니 뭔가 싸한 느낌이 들더라고."

"비상벨이라고 누르지 말라고 적힌 거 못 봤어?"

"내가 눈이 나쁘니까 안경을 안 써서 그 줄이 뭔지 몰랐지."

"자다가 이게 무슨 날벼락이람. 근데 저 사람들도 황당했겠다. 난 잠결에 전화 받아서 나한테 괜찮냐고 자꾸 묻길래 뭔가 했지."

남편이 무의식 중에 잡아당긴 줄이 알고 보니 비상벨이었다. 비상벨이 울리니, 호텔 측에선 무슨 문제가 있는 줄 알고 확인하러 왔던 것이다. 괜찮다고 했는데도 방에 들어온 것은 비상사태를 해지하는 버튼이 방안에 있어 들어 온 모양이었다. 평소에 나한테 그렇게 실수하지 말라고 말하던 남편이 이런 어이없는 실수를 하다니. 우리나라와는 비상벨이 완전 다르게 생겼으니, 할 수 있는 실수이기는 하나 나는 이 기회를 놓칠 수는 없었다. 이번 사건은 남편을 두고두고 놀려먹을 거리라 머릿속에 꼭 기억해 두기로 했다.

오스트리아의 수도 '빈'에서도 남편의 실수가 이어졌다. 남편이 식당에 폰을 두고 온 것이다. 숙소에 도착해서야 자신의 폰이 없어졌음을 안 남편이 어찌할 바를 몰라 해서 영수증에 찍힌 전화

도나우강과 국회의사당 야경

멀리 보이는 모자상처럼 우리도

빈 자연사 박물관 앞에서 기쁨의 점프

번호로 전화를 걸었다. 내가 아무리 영어로 떠들어봐야 의사소통이 제대로 안 될 거고, 현지어로 소통하는 게 나을 듯해서 로비에 있는 직원에게 부탁을 했다. 전화를 걸어 휴대폰이 식당에 있다는 것과 가게 문 닫는 시간을 확인한 후, 남편 혼자 휴대폰을 찾으러 갔다. 한국이라면 걱정이 되지 않겠지만, 타국에서 남편 혼자 휴대폰을 찾으러 보내려니 마음이 불안했다. 연락할 전화기도 없는 상태인데, 런던에서의 실수도 떠오르고, 왠지 물가에 아이 내놓는 심정이었다. 나는 남편에게 혼자 잘 다녀올 수 있냐고 몇 번이나 물었다. 다행히 남편은 휴대폰을 찾아서 무사히 숙소로 돌아왔다. 평소에는 남편이 미울 때도 참 많은데 그런 상황에서는 국제 미아라도 될까봐 걱정이 되었다.

남편의 휴대폰은 오랜 전에 구입한 구형이라서 현지에서 사용할 일이 별로 없었다. 여행 전에 신형으로 바꿔서 가자고 그렇게 말 했건만, 내 말을 듣지 않더니 결국 남편도 후회했다. 용량이 작아서 구글 지도도 제대로 안 깔리고, 화질이 낮아서 사진기 역할도 제대로 못했다. 여행 내내 내 휴대폰으로 구글 지도보랴, 사진 찍으랴, 정말 바빴다. 보통은 길치인 내게 길 찾는걸 아예 맡기지 않는데, 구글 지도를 내 폰으로 검색하고 봐야 하니, 내가 앞장설 수밖에 없었다. 남편도 구글 지도 보는데 익숙하지 않고, 나야 원래 지도를 볼 줄 모르니, 지도를 놓고도 한참을 헤매기도 했다. 동유럽 여행을 다녀온 후, 남편은 고집을 꺾고 휴대폰을 새로 구입했다. 진작 바꾸고 갔으면 고생을 덜 했을 텐데. 하지만 어떻게 보면 남편의 휴대폰이 무용지물이었던 동안 셋이 더 붙어 다닐 수 있었고, 서로 의지할 수 있었다. 불편함을 감수하면서 서로 더 돈독해진 것 같았다. 예상치 못한 상황을 잘 헤쳐 나가는 것을 보고 남편은 나의 성숙한 면을 인정해 주었다. 주말부부라 아이가 아빠와 부대끼며 보낼 시간이 부족했는데, 여행을 하는 동안 부자가 많은 대화를 나눌 계기가 되어 좋았다. 서로에 대해 더 잘 알게 되고 배려하게 된 이번 여행, 세 식구 여행 다녀오느라 경비는 만만치 않았지만 돈으로 환산할 수 없는 값진 시간들이었다.

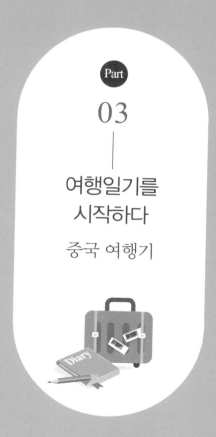

Part

03

여행일기를
시작하다

중국 여행기

01_추억을 남기는 것은 메모

 'Sunkyong Choi님, 시간이 흘러도 소중한 사람과 함께한 추억은 여기에 남아 회원님을 기다리고 있었답니다. 3년 전 올린 게시물에서 어떤 일이 있었는지 확인해보세요.'

요즘 페이스북에는 예전에 업로드 했던 포스팅을 보여주는 기능이 있다. '어, 이런 적도 있었나?' 싶을 때가 많다. 1년 전 혹은 몇 년 전 사진을 보면 '아, 그 때는 지금보다 쌩쌩해 보이고 젊어 보이는구나. 예뻤구나.' 라는 생각이 든다. 지금은 하나둘 늘어난 주름살이 미워 보이지만, 오늘 찍은 내 사진을 1년 후에 다시 본다면 나는 똑같은 생각을 하게 될 것이다. '아, 그 때는 참 예뻤구나.' 라고. 오늘이 내 인생의 가장 젊은 날이다. 추억을 곱씹고, 과거에 빠져 살기 위해 사진을 찍고, 기록을 남기는 것이 아니다.

오늘의 내가 살아갈 힘을 얻기 위해, 잘 살아가기 위해, 기록을 남기는 것이다.

전혀 기억이 나지 않을 상황도 단 한 줄의 메모를 통해 기억이 소환될 때가 있다. 한 장의 사진으로 여러 장면이 동시에 떠오르는 것처럼 말이다. 중국여행 첫날부터 마지막 날까지, 일정을 메모한 수첩을 꺼내보았다. 무려 16년 전 추억이 새록새록 떠올랐다.

2003. 7. 24(목)

새벽 4시 기차를 타고 인천으로 갔다. 인천에서 배 타고 청도로 가는 중이다. 1시에 출발한 배가 중국 시간으로 다음 날 8시쯤 청도에 도착한다고 한다. 지금 저녁 9시 좀 넘은 것 같다. 배가 아까보다 많이 흔들린다. 파도가 심하게 치는 곳으로 이동 중인 모양이다. 아침에 먹은 김밥이 안 좋았던지 배 타고 방 배정 받은 뒤에 바로 토했다. 설사까지. 지금도 서서 걸어 다니거나 앉아 있으면 속이 메스껍지만 많이 나아졌다. 집으로 돌아갈 때 또 배를 타야 한다니 끔찍하다. 내일부턴 아프지 말고 즐거운 일만 있었으면 좋겠다. 지금은 속이 안 좋아 누워서 일기 쓴다. 아이쿠야.

2003. 8. 19(화)

인생은 선택의 연속이란 말이 있다. 문득 드는 생각이 이제까지 나는 스스로의 선택을 조금씩 미뤄오고 있었던 것 같다. 결혼 문제도 그렇고 여러 가지 면에서 선택이란, 내가 하는 거지 누구 다른 사람이 해주는 것이 아닌데도 다른 이가 먼저 나를 선택해 주기를 내 문제를 어떤 방향으로 선택해 주기를 기다리기만 한 것 같다. 이제 좀 더 내 자신에게 당당해지고 현명한 판단으로 올바른 선택을 할 수 있는 사람이 되어야겠다.

여행을 하면서 내가 상당히 수동적인 인간이라는 것을 느끼게 된다. 남들은 내가 참 씩씩하고 적극적이라고 하지만 내 본 모습은 그렇지가 않다. 다분히 타인 의존적이고, 우유부단하다. 특별히 좋아하는 것, 하고 싶어 하는 게 없는 것 같다. 좀 더 자기 주도적이면서도 타인을 배려할 줄 아는 마음을 키워야겠다. 언제 한 번 혼자서 여행을 떠나보면 진정한 내 자신의 모습을 찾을 수 있지 않을까 싶다. 이제 내 나이 서른. 어떻게 보면 내세울 것 하나 없는 나 자신에게 점점 자신감을 잃어가지나 않을지.

여행이 끝나는 게 아쉽기만 하다. 아울러 이제 집에 가서 먹고 싶은 것 맘껏 먹고 나 하고 싶은 대로 할 수 있다고 생각하니 편하기도 하다. 또 한편 또다시 반복되는 일상 속으로 들어가 아이들과 싸우고 여러 인간관계 속에서 시달릴 것을 생각하면 여행할 때가 좋았지 싶다. 이번 여행이 기억 속에서 잊히기 전에 잘 정리하여 내 머리 속에 차곡차곡 잘 집어넣어 두어야겠다. 한 달이란 세월이 참 빠르다. 무사히 여행을 마치게 해준 여러 이들에게 감사하다. 여행을 하면서 멋진 풍경들이 너무 많았는데 그 감동을 사진이나 캠에 모두 담을 수 없는 것이 아쉽다.

무사히 배에 타서 샤워를 끝내고 과일도 하나 먹고 이제 휴식이다. 한 숨 푹 자고 나면 한국에 도착하겠지? 아직 세관 통과에 버스 타고 대구까지 갈 길이 멀지만, 그래도 이제 종착지가 눈앞에 있다. 다시 일상으로 돌아가야 한다는 게 아직은 좀 아쉽기만 하다. 여행의 끝이라니…

여행은 끝이 났지만 여행에서의 추억은 아직까지 남아 있다. 언제 이런 적이 있었나 싶을 정도로 기억에서 사라진 추억들이 이렇게 하나의 메모로 다시 소환된다. 서른을 앞둔 당시의 나는 이런 생각을 하고 있었구나. 기록하지 않았다면 절대 알 수 없었을 스물아홉의 나를 이렇게 만난다. 아픈 와중에도, 소등을 한 기차 안에서도 랜턴을 비춰가며 일기를 썼던 나. 그렇게 집요하게 기록을 남긴 스물아홉의 나에게 감사함을 전한다. 그렇게 별나게 기록하지 않으면 이렇게 소중한 추억을 가질 수 없었을 테니까.

여행을 하면서 기대하지 않던 사람들을 만나고 또 예정에 없던 장소에도 가게 된다. 길 위에서 만난 사람들은 여행이 끝나고 모두 기억 속에서 사라지겠지만, 그때의 만남을 통해 현재의 내가 있다고 생각한다. 선택은 언제나 나의 몫이다. 어떤 길을 따라 갈 것인가, 어떤 목적을 가지고 살아갈 것인가는 여행지에서도 여행에서 돌아오고 나서도 늘 우리에게 던져지는 질문이다.

당신은 당신이 생각하는 대로 살아야 합니다. 그렇지 않으면 머지않아 당신은 사는 대로 생각할 것입니다.

- 폴 발레리

할 수 있는 한 최선을 다하라
당신이 할 수 있는 모든 수단과
당신이 할 수 있는 모든 방법으로
당신이 할 수 있는 모든 곳에서
당신이 할 수 있는 모든 때에
당신이 할 수 있는 모든 사람에게
당신이 할 수 있는 한 오래오래

- 존 웨슬리

수첩에 삐뚤빼뚤한 글씨로 적혀 있는 문구들. 이리저리 흔들리며 살아왔지만 20년 전에 수첩에 적어 놓은 그 글귀대로 살아오려고 나는 부단히도 애쓰고 살아왔구나. '애썼다. 잘했다!' 고 나 자신에게 토닥토닥 해주고 싶다. 여행에서 남긴 메모를 통해 나 자신을 만날 수 있는 이 시간이 너무 행복하다.

02_ 넌 그게 다 기억이 나니?

오랜만에 '처총회' 모임의 동기들을 만나서 예전에 함께 갔던 중국여행에 대한 추억을 떠올렸다. 처총회 모임의 멤버는 나를 포함해 총 일곱 명이었다. 다들 나와 같은 해에 신규발령을 받은 교사들이었다. 예상했던 것과는 너무나 다른 교직의 현실에 매일 자존감이 바닥을 칠 때, 동기들은 나에게 큰 의지가 되었다. 당시 서로의 고민을 함께 나눌 동기들이 없었다면, 그 시절이 더 힘들었을 것이 분명하다. 우리는 퇴근 후 저녁에 자주 만나 수다를 떨었다. 어느 시기가 지나자 주말에도 만나기 시작했다. 등산을 함께 가기도 하고 경치 좋은 곳으로 드라이브를 가기도 했다. 그러다가 처총회 멤버인 해식이, 영진이랑 의기투합해서 2003년 여름 중국으로 여행을 떠났다.

"우리 중국 다녀온 지가 벌써 20년이 다 되어가네."라며 영진이가 이야기의 물꼬를 텄다.

"너희들 기억나? 해식이가 중국어 배우고 처음 가는 여행이라 도착해서부터 중국 너무 좋다고 계속 노래를 불렀잖아. 자기가 중국어로 말하는 거 사람들이 알아듣는 거 신기하다며…, 그런데 결국 장안 가는 기차 안에서 욱 했잖아. 다시는 중국 안 올 거야 하면서. 아마 중국 사람들이 기차 바닥에 침 뱉는 거 보고 그랬을 걸? 깔끔한 해식이가 드디어 폭발한 거지. 북경에서 당일 투어 신청해서 자금성 갔을 때, 그 버스 안에서 제 돈 다 내고 예약한 사람 우리 밖에 없었잖아. 나머지 사람들은 다 3분의 1 할인가로 탔던데."라며 내가 이야기를 시작했다. 이야기를 하다 보니 다른 장면들도 떠올랐다.

"우리 사막에서 버려졌을 때 짐 찾는다고 너희 둘 할머니 따라 가고 나 혼자 기다리고 있을 때 얼마나 조마조마했는지. 니들 어디 끌려간 거 아닌가 싶고. 나 혼자 여기 있다가 어디 끌려가는 거 아닌가 싶고. 너희들 돌아올 때 내가 막 울었던 거 기억나니? 그때 별 일 없었으니 망정이지. 이 이야기 남편한테 하니까 우리 참 운 좋은 거였다고. 진짜 용감했다고 막 뭐라 그러더라."

"와! 언니, 참 대단하다. 그게 다 기억나?"

"응, 기억나."

"참 신기하다. 어떻게 그런 것까지 다 기억해?"라며 나의 기억력에 영진이가 신기해하며 물었다.

나도 그 이유를 잘 모르겠다. 어떻게 그런 것까지 다 기억이 나는지. 굳이 이유를 찾자면 기록을 해두고 그 이야기를 많이 하고 다녀서가 아닐까. 중국여행 중에 매일 일기를 썼다. 하루 일과를 마감하면서 잠자리에서, 오랜 시간 이동하는 기차 안에서, 일기를 하루도 빠지지 않고 썼다. 여행에서 돌아와서는 그 기록을 중국여행 카페 사이트에 올렸다. 중국여행을 준비하면서 많은 도움을 받았던 인터넷 카페였다. '여행 다녀오면 다른 사람들처럼 나도 카페에 여행기 남겨야지' 라는 생각을 은연중에 가지고 떠났던 것 같다. 중국 다녀온 후, 너무 피곤했지만 새 학기 시작 전에 끝내 놓지 않으면 영영 못할 것 같아 하룻밤을 꼬박 새워 30일간의 기록을 타이핑해서 인터넷 카페에 올렸다.

한참을 잊고 지내다가 우연히 인터넷 카페에 들어가 봤다. 중국에 대한 미련이 크게 없었던지라 그 이후 한번도 인터넷 카페에 들어갈 일이 없었다. 그런데 내 글에 댓글이 달려 있는 걸 보고 깜짝 놀랐다. 내가 남긴 여행기를 통해 중국여행 정보를 얻었다는 내용이었다. 고생스럽지만, 글을 올리기를 잘했다는 생각이 들었다.

2017. 7. 19. 블로그에 기록한 내용

2003년 친구 샘들과 한 달 간 떠났던 중국 여행기를 어느 여행 카페에 남겼었다. 그냥 지나가 버리는 게 아쉬워서 그 시간들을 잊는 게 아쉬워서 수첩에 적은 내용을 밤새워 카페에 올렸었는데... 어제 우연히 들어가 보고 감회가 새로웠다. 그때 쓴 글이 아직 남아있는 것도 신기했고 댓글이 달려있는 것도 신기했다. 〈오래된 미래〉를 누가 한번 읽어보라 해서 중국여행 당시 그 책을 읽었던 터라 그 책을 볼 때마다 중국여행이 떠오른다.

'여행의 흔적을 꼭 남기시네요. 읽히지 않을 댓글도 남깁니다.'

어느 분이 남겨둔 댓글을 읽고 뭔가 묘한 감정이 들었다. 뒤늦게라도 그 분의 댓글을 읽어 참 다행이다 싶다. 그래 난 흔적을 남기는 게 좋은 것 같다. 내가 살아온 흔적을...

03_ 살려주세요! 고마운 양치기 할머니

 여자 셋이서 한 달간 떠난 중국 배낭여행. 그것도 실크로드를 따라간다고 오지로만 다녔다. 지금 생각하면 참 무모한 도전이었다.

중국여행에서 가장 기억에 남는 에피소드는 사막에 버려진(?) 일이었다. 지금에서야 웃으면서 이야기하지만 그 때는 정말 아찔했다. 여행 블로그와 인터넷 카페를 보면 사막투어에 대한 이야기가 자주 나왔다. 영진이가 호주 여행을 갔을 때, 사막투어에 대한 좋은 기억이 있어 우리도 해보기로 했다. 중국 현지 여행사에 사막투어를 신청했다. 지프차가 우리를 어느 사막 입구에 내려주었다. 사막에 내려 텐트를 쳤다. 사막을 둘러보며 잠시 신나하던 우리는 해가 지기 시작하자 걱정이 들기 시작했다. 텐트 주변에 사람이라곤 우리 말고는 찾아볼 수 없었기 때문이다.

"근데 참 이상하다. 왜 아무도 없지?" 영진이가 호주 사막투어 때의 이야기를 해줬다. 사람들이 많았고 저녁에는 캠프파이어도 하며 같이 시간을 보냈단다. 한 명이 뭔가 이상하다는 이야기를 꺼내니 셋 다 불안해지기 시작했다. 주위를 둘러보니 아무도 없었다. "이렇게 우리끼리만 있다가 밤에 야생동물이라도 나타나면 어떡하지?"
걱정이 쌓이기 시작했다.
"야, 우리 사기 당한 거 아니야? 중국에 사기꾼이 많다더니. 우리 여기에 버려졌나봐. 흑흑"
우리 셋은 그렇게 결론을 내고 그 곳에서 빠져나갈 궁리를 시작했다. 혹시 인근에 마을이 있지 않을까 주위를 살펴보니 강 건너에 마을이 보였다.
"거기 누구 없어요? 살려주세욧!!!"
"아참, 여긴 중국이지. 한국말로 하면 못 알아들을 거 아냐. 중국말로 하자."

중국어를 부전공한 해식이가 알려주는 대로 '찌우밍아!!!'를 외쳤다. 그렇게 목놓아 불렀건만, 아무도 오지 않았다. 일단 짐은 놔두고 몸만 빠져나가기로 결정을 했다. 강 건너에 보이는 마을에 무조건 닿아야 한다는 일념으로 바지를 둥둥 걷고 강을 건너기 시작했다. 강을 건너가자마자 다행히도 마을 입구가 나왔다. 중국어가 조금이라도 가능한 해식이가 한 할머니와 이야기를 나누었다. (당시에는 정신없어 표현 못하고 지나갔지만, 중국어를 배운지 얼마 안 된 해식이의 중국어가 통하는 것을 목격하고, 영진이와 내가 감탄했다. 중국어마저 통하지 않았다면 우리는 어떻게 되었을까?) 우리가 처한 상황과 우리 짐이 사막에 있는 것을 알렸다. 경운기처럼 생긴 것을 타고 해식이와 영진이가 할머니와 함께 짐을 찾으러 갔다. 그 동안 나는 그 할머니집 앞에 혼자 있었다. 이제 살았다는 안도감도 잠시, 혼자 남겨진 나는 좀 전 사막에서 우리 셋이 같이 있을 때보다 더 무서웠다. '혹시 영진이와 해식이가 어디 끌려간 것은 아니겠지? 나 혼자 여기 있다가 어디 끌려가는 건 아니겠지? 온갖 불안한 생각이 들었다. 멀리서 경운기에 짐을 한 가득 싣고 돌아오는 둘의 모습을 보자마자, 나는 울음을 터뜨리고 말았다.

우리를 구해준 할머니의 집은 전기도 들어오지 않았다. 컴컴한 방에 앉아 세숫대야에 물을 받아서 우리 셋이 돌아가며 씻었다. 우리가 씻은 물에 할머니가 걸레를 빨았다. 물이 참 귀한 곳이구나라는 생각이 들었다. 할머니가 주신 저녁을 먹고 나니 긴장이 풀리면서 잠이 몰려왔다. 잠들기 전, 할머니는 자신이 새벽에 양을 데리고 사막에 나갈 테니 구경을 하고 싶으면 따라오라고 했다. 다음 날 새벽 4시쯤 일어나 우리 셋은 그제야 제대로 된 사막 투어를 했다. 양들과 함께. 전날의 불안함은 사라지고, 우리 눈앞에는 평화로운 장면들이 펼쳐졌다. 높은 하늘, 맑은 공기, 양떼들, 모래 언덕….

할머니와 사막 산책을 하다 보니 전날 우리가 텐트를 쳤던 곳과 할머니 집은 걸어서 10분도 채 걸리지 않는 거리였다. 그리고 바지를 둥둥 걷고 힘겹게 건넜던 그 '강'은 사실은 얕은 개울에 불과했다. 불안에 휩싸인 채로 봤을 때는 모든 것이 위험해 보였는데 마음의 평정을 찾고 주변을 다시 살펴보니 그저 평화로운 마을에 불과했다. 우리가 건넜던 강 옆에는 심지어 다리까지 있었다. 당황한 채로 주변을 살폈을 때는 그 다리가 보이지 않았다. 다리로 건넜으면 쉽게 닿을 수 있는 마을이었는데, 마을을 코앞에 두고 살려달라고 소리를 지르지 않나 얕은 개울을 건너면서 마치 강물에 휩쓸려 떠내려 갈 것처럼 난리 치지를 않나. 절대적인 존재가 위에서 우리 셋이 하는 행동을 봤으면 얼마나 웃겼을까. 하지만 우리가 마음씨 좋은 시골 할머니를 만났기 망정이지 나쁜 사람들을 만났다면 어떻게 됐을까 생각하면 지금도 아찔하다.

한국으로 돌아온 후, 그 할머니 집을 언젠가 다시 찾아가자고 셋이 자주 이야기하곤 했는데, 세월이 이렇게나 지났으니, 할머니

께서 건강하게 살아계실지 모르겠다. 어떤 대가도 바라지 않고 낯선 이들에게 먹을 것과 잘 곳을 내어준 그 할머니 덕분에 힘들었던 중국여행이었지만, 내게는 참 따뜻한 기억으로 남아 있다.

우리를 구해준 고마운 천사 할머니와 함께 한 사막 투어

04_2003년 일기를 꺼내보다

2013년 8월 11일〈일〉

5 : 43분 헬렌 니어링의 〈아름다운 삶, 사랑 그리고 마무리〉를 읽었다. 이 책을 읽으면서 첫째 가장 부러웠던 점은 헬린 니어링이 스코트 니어링 같은 자신의 소울 메이트를 만났다는 점이다. 자신이 가졌던 모든 것을 버리고 인생의 가치관을 바꿀 만큼 존경할 만한 반려자를 만났다는 것이 부럽다. 또 하나 그들 부부가 보여준 검약한 생활, 채식주의, 미국 중심의 서구 사회 반대 등은 〈오래된 미래〉의 내용과 일맥상통하는 면이 있다. 앞으로 이런 주제에 관한 책을 더 읽어보고 싶다. 잠시라도 배고픈 것을 못 참고, 조금만 아파도 약에 의존하는 내 자신과 비교하여 이런 현인들의 삶을 통해 내 삶을 반성해 본다. 이 책에서 헬렌 니어링이 그랬듯이 앞으로 나도 책을 읽으면서 책에 밑줄을 긋거나 표시를 하고 따로 메모 노트를 만들어 나갈 생각이다.

소위 문학도로서 당연히 갖췄어야 할 자세가 아닌가 싶다. 신문도 매일 읽고 좀 더 사회의식을 높여야겠다. 스크랩하고 주변을 정리하는 습관, 언제 어디서나 책 읽는 습관도 더 길러야겠다. 더불어 나의 소유욕, 욕심에 대해서도 한 번 반성해 볼 일이다. 외모보다는 내면을 가꾸자. 남을 배려하고 예의와 경우를 아는 인간이 되자. 다음에 여행 하고 싶은 장소는 티벳, 파키스탄 등 중국 국경 지대, 이집트, 터키 지역, 호주, 필리핀이다.

중국 와서 한국의 고추참치를 좋아하게 되었다. 역 대합실에서 라면을 먹었다. 물이 미지근하여 면발이 익지 않아 스프 푼 국물을 덜어내고 다시 물을 부었더니 국물 맛이 영 맹탕이었다. 그래서 고추장 잔뜩 풀고 고추참치와 함께 먹었다. 라면 맛 보다 고치참치 맛이 짱이었다.

2003년 8월 1일〈금〉

2003년 8월 1일 금요일. 우루무치에서 카스로 가는 기차 안이다. 무려 23시간이나 걸리는 먼 거리이다. 우리가 오후 3시 14분 기차를 탔는데 지금 새벽 3시 56분이다. 12시 넘어 1시가 다 되어 잠을 청했지만 주변이 워낙 시끄러워서 그런지 잠을 더 이상 잘 수가 없다. 계속 우리에게 관심을 가지던 중국인 학생과 이해식이 얘기 중이다. 우루무치에서 투루판까지 가는 길 그리고 그 이후에도 창밖으로 색다른 경치, 이제까지 봤던 중국과는 다른 모습을 볼 수 있었다. 사막이 보이고 천산산맥의 모습이 보였으며 산꼭대기에 눈이 쌓여있는 것을 보았다. 2~3시간 동안은 창밖을 보느라 지겨운 줄 몰랐다. 난 원래 기차나 버스 등을 탈 때 역방향으로 앉는 걸 싫어하는데 오늘은 공교롭게 내가 역방향으로 앉게 되었다. 처음에는 약간 어지러운 것 같았지만, 역방향으로 가는 것이 눈이 덜 피로하다는 해식이의 말을 듣고 나서 그런지 역방향으로 앉아서도 갈 만했다. 여행을 하면서 사람마다 같은 것을 보더라도 보는 시각에 따라 달리 보일 수 있다는 것을 느끼게 된다. 나와는 다른 시각에서 사물을 보는 방법이 있다는 걸 배우고 가는 것 같다. 평소에 나의 생활습관과 사고방식에서 조금은 벗어나서 새로운 시각으로 세상을 보게 되는 것이 여행의 묘미인가 보다.

조금 전까지만 해도 기차를 타고 여행하는 이 순간이 너무 행복했다. 기차 밖으로 멋진 풍경이 펼쳐지고 기차 안에서 라면도 먹어보고 무겁게 들고 온 책도 읽고... 그런데 우리가 지금 앉아 있는 기차는 등받이가 90도로 되어 있어서 몸을 뒤로 젖힐 수가 없어 자세가 영 불편하다. 침대칸으로 바꿀 기회가 있었지만 지금 이 자리도 견딜 만 할 것 같고 또 450위엔을 더 내야한다고 하니 돈도 아낄 겸 그냥 이 자리에 있기로 했는데 아무래도 잠자리가 불편하다. 그래도 이것저것 다 경험해 봐야 하니까 이렇게 한번쯤 고생하며 가보는 것도 나쁘지 않은 것 같다. 기차를 타기 전, 1일 오전에는 우루무치에 있는 박물관에 갔었다. 고분 발굴에서 나온 유물들과 미라를 볼 수 있었다. 외관 건물을 공사 중이었다. 건물이 예쁘다고 하던데 볼 수 없어 안타까웠다. 지금은 8월 2일 오전 10시 23분이다. 이제 4시간만 더 견디면 카스다. 신난다. 기차를 23시간 타는 것도 별 것 아니라는 생각이 든다. 장하다.

오늘 기차 안에서 읽은 책: 〈오래된 미래: 라다크로부터 배우다〉-헬라나 노르베지 호지 작가는 스웨덴 환경 운동가겸 언어학자라고 한다. 라다크는 '작은 티베트' 라고 불리며 인도 영토에 포함되어 있다고 한다. 카라코람과 히말라야 산악에 끼여 있는 고원의 사막이고 동쪽은 불교, 서쪽은 이슬람이다. 반개발개념. 무조건 개발이 좋은 것은 아니다. 그 지역 특성에 맞는 개발이 중요하다. 이 책을 읽으면서 나도 이미 서구화된 사회, 산업화된 사회에 길들여진 인간이라는 생각이 들었다. 이미 개발에 익숙해져 인간관계의 중요성, 자연의 중요성을 잊고 살고 있는 건 아닌가라는 생각이 든다.

중국은 땅이 넓다보니 이동 시간이 길어 최근에 했던 여행에 비해 중국여행에서 책을 읽거나 혼자 생각할 시간이 많았던 것 같다. 일기를 보면 황당한 경험들, 고생한 이야기가 대부분인데 그런 고생을 겪다보니 생각이 많이 자랐다. 그래서 다들 고생은 사서도 해야 한다고 하는 모양이다.

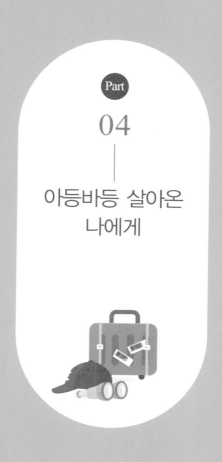

Part

04

—

아등바등 살아온
나에게

01 _ 인도원정대를 아시나요?

내 인생에 인도는 없었다. 인도원정대 대장님을 만나기 전까지는. 대장님을 만난 건 2017년 어느 교육 관련 행사에서였다. 체인지메이커에 대한 이야기를 나누면서 서로 공감대가 형성되었다. 이후 내가 운영하던 연구회 강사로 초대해, 여러 작업들을 함께 하게 되면서 교류가 잦아졌다. 알고 보니 그는 인도 마니아였고, 인도원정대를 꾸려 인도에 가려는 계획을 가지고 있었다.

"선생님, 저 겨울방학에 인도원정대를 모집해 인도에 가려고 하는데 선생님도 함께 가시죠?"
"인도…, 인도라구요…? 미안하지만, 저는 가기 힘들 것 같아요."
'인도? 인도라니…, 그 위험한 데를 내가 왜 가?' 내 인생에 없던 인도였기에 처음 대장님의 제안을 들었을 때는 인도에 갈 생각을 하지 않았다. 기승전인도인 대장님은 기회가 될 때마다 나에게 인도 얘기를 꺼냈다. 그래서 내가 인도가 왜 그리 좋으냐고 물었다.

저는 개인적으로 인도를 좋아합니다. 흔히 여행의 시작과 끝을 인도라고 합니다. 그런 마음을 가지고 떠난 사람들은 두 가지 부류로 나뉩니다. 인도가 너무 사랑스러워 또 가고 싶은 여행지가 된 사람, 너무 괴로워 다시는 가고 싶지 않은 여행지가 된 사람. 주변 친구 및 동료들이 이야기합니다. "왜 인도를 좋아해?" 사실 좋은 데는 이유가 없습니다. 좋은 거는 그냥 좋은 거니까요. '좋은 것은 나눠 갖는 것이다.' 엄마는 말씀하셨습니다. 그래서 좋은 것은 함께 나누려합니다. 인도가 바로 그렇습니다. 흔히들 생각하는 인도가 그렇지 않은 곳임을 선생님들께 알려주고 싶었습니다. 그게 〈인도원정대〉를 꾸리게 된 이유입니다.

-인도원정대 인터뷰 중

인도를 안 가본 사람들은 있어도 한 번만 간 사람은 없다고 한다. 대장님은 친구와, 형, 그리고 혼자서 여러 번 인도를 다녀왔다고 했다. 그래서인지 나도 조금씩 인도에 관심을 가지게 되었다. 인도영화를 찾아서 보고 인도 관련 책을 찾아서 읽어보게 되었다. '인도? 인도라니? 말도 안 돼!' 라는 생각에서 '인도! 혼자 가기는 힘드니 선생님들과 함께 떠나는 이번 여행이 내겐 좋은 기회야. 지금이 아니면 언제 또 인도를 가보겠어? 인도 한번쯤은 꼭 가보고 싶어.' 로 생각이 바뀌었다. 인도를 경험해 보고 싶어졌다.

그렇게 내 마음은 이미 인도에 가 있었지만, 가족을 설득하는 것이 쉽지만은 않았다. 결혼 후, 혼자 떠나는 여행은 교사 대상 연수 이외에는 처음이었으니까. 그것도 인도를 가겠다고 하니 좋아할 리가 없었다. 그냥 단순한 여행이 아니라는 점, 교육적인 측면을 강조했다. 인도원정대 프로그램은 다른 여행과는 차별화 되어 있다. 현직 교사들로만 구성되어, 현지 대학 한국어과 학생들과 일대일 결연을 맺는다. 그리고 대학생들에게 한국 문화 수업도 진행한다. 네루대학교 학생들은 교사 입장에서 꼭 만나보고 싶었기에 끈질기게 남편을 설득했다. 어렵게 설득한 끝에 총 10일간의 인도원정대 일정 중 네루대학교 수업이 잡힌 델리 일정에만 참여하기로 했다. 기차 타고, 버스 타고 여러 도시를 이동하는 것이 자신이 없었던 나는 차라리 델리에만 머무는 게 잘 됐다 싶기도 했다. 희한한 것은 '내가 인도에 갈 수 있을까? 가기 힘들 거야.' 라고 생각했을 때는 가망이 없어 보였는데 '꼭 가고 싶다. 가야겠다. 갈 수 있다.' 라고 마음먹고 나니 설득이 되더라는 것이다. '이번에 다녀오지 않으면 언제 다시 기회가 오겠어. 평생 후회할 것 같다.' 고 말하니 남편도 이해해 주었다. 역시 진심은 통

인도에 가지고 간 짐. 이 짐들을 메고 서울 시내를 누볐다.

'후마윤의 묘'에서 인도원정대 1기 맴버들과 인도 친구 제이와 함께

하는 법이다. 그렇게 나는 인도원정대 1기에 후발대로나마 참여하게 되었다.

인도에 가기로 결정한 후, 가장 먼저 인도 학생들에게 나누어줄 학용품을 가득 챙겼다. 대장님이 형과 인도를 갔을 때, 학용품을 챙겨가서 어려운 학생들에게 나누어 준 이야기를 들으며, '아, 생활 속에서 나눔을 실천하는 것. 저런 것이 바로 체인지메이커가 아닐까?' 라는 생각이 들었다. 나도 그런 나눔에 동참할 수 있다고 생각하니 신이 나서 이것저것 챙겼다. 학생들에게 나누어줄 학용품과, 혹시나 인도 음식이 입에 맞지 않아 고생할까봐 챙긴 즉석 식품들로 40리터 배낭이 꽉 찼다. 옷과 세면도구까지 챙기니 휴대용 가방이 하나 더 나왔다. 20대 이후로 배낭 메고 여행 다니는 건 처음이어서 그런지 몸도 마음도 젊어지는 느낌이었다.

인도원정대에 합류하기 전, 나는 서울대학교 행복센터에서 진행하는 1박 2일 행복연수에 참여하여야 했다. 4박 5일 인도 일정에 서울 1박 2일 일정까지 있었으니, 결국 일주일이나 집을 비우게 된 셈이었다. 아들에게 미안한 마음이 들었다. 이럴 줄 알았으면 인도 전체 일정을 다 참여할 걸 싶기도 했다. 원정대가 인도에 도착할 쯤엔 내 신경이 온통 인도에 가 있었다. 다른 일은 손에 잘 잡히지 않았다. 인도 관련 책을 찾아서 읽고 인도 영화를 몇 편씩

네루대학교 한국어과 사무실

보았다. 원정대 소식이 단톡방이나 블로그에 올라오기만 눈 빠지게 기다렸다. 이럴 줄 알았으면 첫날 일정부터 함께 할 걸이라는 생각이 계속 들었다. 그만큼 인도에 빠져 있었다고 볼 수도 있지만, 지금 생각하면 참 어리석은 일이다. '지금 여기'에 집중하지 못하고 다른 곳에 자꾸 신경이 가 있었으니 말이다.

인도 여행을 통해 행복연수에서 최인철 교수님이 강조하셨던 '소유보다는 경험'을 실천한 것 같아 뿌듯했다. 연수를 들으면서 '나는 이미 행복한 사람이다. 관심을 가지고 몰입할 대상이 있다는 거, 누군가에게 도움을 줄 수 있다는 거, 나를 지지해주는 분들이 주변에 있다는 거, 이 모든 것에 감사해야겠다.'고 다짐했는데 인도 여행이 나에게 그것을 확인할 기회를 주었다.

02_두 번째 만난 인도

 어쩌다 보니 내 생애 두 번이나 인도를 가게 되었다. 두 번째 만난 인도는 '고래학교' 선생님들과 함께였다.

"선생님, 올 해는 인도원정대를 고래학교 선생님들 위주로 꾸리려고 해요."
"와우, 좋은 생각이에요. 이럴 줄 알았으면 지난 번 말고 이번에 고래학교 선생님들이랑 같이 갈 걸 그랬어요. 저는 이미 한 번 다녀왔는데 또 가려니…."
"선생님이 고래학교 교장인데 꼭 같이 가야죠. 무조건 가야죠."
"안 그래도 지난번에는 델리만 다녀와서 아쉽긴 했어요."

인도원정대 3기 멤버 열여섯 명 중 여덟 명이 고래학교 선생님들

인도원정대 토퍼

이다. 고래학교는 내가 운영하고 있는 교사성장학교이다. 'Go to the future school.' 미래로 가는 학교. 꿈꾸는 교사들의 모임. 구성원들끼리 자신의 재능을 나누며, 서로 성장하고 발전을 추구하는 모임이다.

인도원정대 대장님이 들려주는 고래학교 이야기

고래학교. 고래학교는 대구에서 체인지메이커 연구회로 열심히 활동하시던 최선경 선생님과의 만남으로 만들어진 교사 성장 학교입니다. 2017년 봄. 최선경 선생님과의 첫 만남에 저는 제가 하는 활동이 '체인지메이커(세상을 변화시키는 사람)' 라는 것을 알게 되었습니다. 함께

고래학교 토퍼

나누어 모두가 공유할 수 있는 체인지메이커로서의 활동은 더 불을 지폈습니다. 그것은 제가 하고 있는 교사원정대도 같은 의미였지요. 그 뒤 선생님과 함께 다양한 교류가 이어졌고, 우리가 하는 이 활동이 많은 분들에게 도움이 되면 좋겠다는 생각으로 고래학교를 만들게 되었습니다. 학교의 좁은 사회에 기업도 함께 하면 좋을 것 같았고 티처몰의 이창훈 이사님이 함께 뜻을 모아주셨습니다. 그래서 우리는 학교를 만들게 되었습니다. 그것이 고래학교입니다. Go, 來 (미래로 가자!)는 의미도 포함하고 '누구나 마음 속 고래 한 마리 품고 있지 않으면 청년이 아니라'는 정호승 시인의 시 구절처럼 우리는 꿈을 가지고 더 성장하기 위해 노력하는 교사가 되고자 학교를 만들게 되었습니다. 여기에 좋은 선생님들이 함께 뜻을 모아주셨습니다.

-인도원정대 인터뷰 중

우리들의 여행기록을 영상으로 남기기 위해 인도원정대 3기 멤버인 성현 선생님이 카메라를 늘 들고 다녔다. 기차 안에서 성현 선생님이 나에게 이런 질문을 던졌다.

"선생님, 이번 여행의 목표는 무엇인가요?"
"한국에서는 너무 바쁘게 지내고 제가 일을 주도해서 하다 보니까 계속 뭔가를 끊임없이 해야 되는 상황이 많아요. 인도에서는 모든 것을 내려놓고 쉬고 싶어요. 아직까지는 그게 잘 안 되는 것 같지만요. 기차에서 자는 거 적응이 안 돼요.(웃음) 저의 이번 여행의 궁극적인 목표는 멍 때리기이에요."

의도적으로 이번 여행 중에는 일기도 쓰지 않고 블로그에 사진 한 장 남기지 않았다. 온전히 여행에 집중하고 현실에서 완전히 벗어나고 싶었기 때문이다. 이번 인도 여행의 목표는 '멍 때리기, 내려놓기' 인도에서는 유심을 사용했는데도 데이터가 안 터질 때 가 많았다. 휴대폰을 사용할 수 없으니 오히려 멍 때릴 수 있는 시 간이 많아져서 좋았다. 와이파이가 빵빵 터졌다면, 내 성격에 매 일 블로그 포스팅 하느라 안달이 났을 거다. 열 시간 넘게 기차 안 에서 창밖 경치도 마음껏 보고, 그냥 멍하니 있다가 잠이 들기도 하고, 멤버들과 이런저런 이야기를 나누었다. 역시 하나를 손에 서 내려놓으면 다른 하나가 또 잡히는 법이다.

인도원정대 멤버들이 찍어준 사진과 영상 덕분에 여행지에서의 추억이 새록새록 떠오른다. 여행 중에 찍힌 사진들을 보면 미모 는 포기하고 다녀서인지 내 몰골이 풍경을 망친 것 같아 뜨끔하 기까지 하다. 기대하던 인생샷은 건지지 못했지만, 내가 그곳에 있었다는 증거로 만족한다. 보통 다른 여행지에서는 사진에 잘 나오려고 화장도 하고, 옷에도 신경을 썼는데 이번 인도 여행에 서는 다 내려놓고 다녔다. 나의 망가진 모습을 받아들이고 익숙

기차 안에서 마신 짜이

델리에서 조드푸르로 가는 기차

해질 기회가 있어서 좋았다.

평소에 겁이 없고 씩씩하고 도전을 즐기는 듯 보이지만 막상 낯선 환경에 던져지니 자꾸 주눅이 들고 소심해졌다. 스스로 나약하고 작아지는 느낌을 받았다. 평소보다 말수가 줄어들고 생각이 많아지는 여행이었다. 익숙한 바운더리를 벗어나서도, 어떤 상황에서도 당당할 수 있으려면, 어떤 타이틀 없이도 나 자체만으로도 매력적인 사람이어야겠다는 생각이 들었다. 좀 더 나를 내려놓고 마음 편히 주변에 동화되지 못한 점, 하루하루 좀 더 충실하게 즐기지 못한 아쉬움이 남는다. 아쉬움이야 늘 남는 법이고, 여행을 다 마치고 나니 나빴던 건 하나도 기억 안 나고 좋았던 것들만 기억에 남는다. '가끔은 나빴고 거의가 좋았던' 여행이었다. 크게 아프지 않고 탈나지 않고 잘 지내다 온 것만도 감사하다. 인도를 가기전과 후의 나는 분명 한 뼘 더 성장했으며, 조금 더 친절하고 좋은 사람이 되었음을 믿어 의심치 않는다.

03_왜 이리 열심히 살았나 싶어

인도여행에서 가장 기억에 남는 장소를 꼽으라면 단연 '바라나시'이다. 여행 내내 가는 곳마다 다 좋았고 나름의 추억이 어려 있기는 하지만 바라나시가 특히 기억에 남는 것은 인도에서만 할 수 있는 경험을 해서이다. '바라나시를 보지 않았다면 인도를 본 것이 아니다. 바라나시를 보았다면 인도를 다 본 것이다.'라는 마크 트웨인의 말처럼, 바라나시를 다녀왔으니 이제 나도 인도에 다녀왔다는 이야기를 당당하게 할 수 있게 되었다. 인도원정대 출발 전, 영화 〈바라나시〉도 보고 관련 자료도 찾아보았다.

바라나시는 힌두교들에게 최고의 성지이며, 순례자들의 행진이 끊임없이 이어지는 곳이다. 1년 365일 강가(=갠지스) 주변에서는 크고 작은 의례와 종교 행사 등이 열리기 때문에 인도 고유의 힌두 문화를 보려는 여행객들에게 바라나시는 인도 여행의 시작이자 끝이다. 인도인들이 어머니라 부르는 강인 강가와 동일시되기도 한다. 힌두교 신자인 인도인들에게 가장 성스러운 강이자, 삶의 시작과 끝을 함께하는 갠지스강. 바라나시에서는 갠지스강의 일출과 일몰을 즐기기 위해 보트를 타는 것이 주요 여행코스이다. 보트투어를 하며 강가를 따라 펼쳐지는 인도인들의 생활을 볼 수 있다. 힌두교 순례자들은 매일 일출과 일몰 시간에 하늘에 제사를 지내는 의식인 '뿌자puja(=숭배)'를 드리기 위해 모인다. 성스럽게 의식을 행하고, 꽃불인 '디아'(Dia)를 강가에 띄워 소원을 빈다.

-인도원정대 3기 소책자 중

우리 일행도 이 좋은 구경을 놓칠 수는 없었다. 바라나시에 도착하자마자 짐을 풀기 바쁘게 바로 뿌자 공연을 보러 갔다. 대장님이 찍어준 자리에 앉아 관람했다. 처음 뿌자 의식을 봤을 때는 뭔가 어리둥절하면서도 묘한 분위기에 압도되었다. 공연 관람 후, 가트(=강가의 층계)를 걸으면서도 내가 바라나시에 있다는 사실이 믿기지 않았다. 꿈만 같았다. 일행과 떨어져 혹시 길이라도 잃으면 어쩌나 바짝 붙어 다녔다. 다음 날 아침 숙소 창밖으로 안개 낀 갠지스강을 바라보며, 그 안개를 뚫고 가트를 산책하며 바라나시의 분위기에 조금씩 익숙해졌다.

숙소에서 바라본 갠지스강

안개 깬 갠지스강

불이 켜진 가트의모습

각자의 소원을 담은 '디아'

다음 날은 일몰에 맞춰 보트투어를 했다. 어디에서도 본 적 없는 풍경이 눈앞에 펼쳐졌다. 보트 안에서 서로 사진을 찍어 주기도 하고 이런저런 이야기를 나누다가 어둠이 내려앉으니 모두들 숙연해졌다. 어수선함과 혼란이 어둠에 묻히고, 눈앞에는 어둠이 깔린 갠지스강과 가트 주변에 밝혀져 있는 성의 불빛뿐이었다. 우리들은 보트 안에서 '짜이chai(=인도식 밀크티)'를 한 잔씩 마시며 여유를 즐겼다. 그리고 우리들은 디아도 띄워 보기로 했다. 디아를 갠지스강에 떠내려 보낼 때까지 불꽃이 꺼지지 않으면 소원이 이루어진다고 했다. 그날 바람이 너무 세게 불어 초에 불을 붙이는 것조차 힘겨웠다. 우리나라에서는 이제는 찾아보기조차 힘든 성냥에 어렵사리 불을 붙이고 디아로 옮겨 붙였다. 촛불이 꺼질까봐 한 손으로 계속 바람을 막으며, 불꽃을 사수하려 안간힘을 썼다. 간신히 불 켜진 채로 디아를 강물에 띄우는 데 성공했다. 그날 보트 안에서 우리 멤버들이 각자 빈 소원들이 꼭 이루어지기를 바란다. 디아 불꽃이 살았는지 꺼졌는지 상관없이 모두의 간절함으로.

이상하게 그날 성냥에 불을 붙일 때부터 혼자 눈물이 터져서 콧물을 훔치며 촛불을 켰다. 해가 지고 난 후라 주변이 깜깜해서 얼굴이 잘 보이지 않는 게 다행스러웠다. 보트투어를 끝내고 저녁을 먹으러 가는 길에 은경 선생님이 물었다. 어둠을 틈타 몰래 울었다고 생각했는데 너무 펑펑 울어서 티가 났었나 보다.

"선경 선생님, 아까 보트에서 우는 것 같던데 지금은 괜찮아요? 왜 울
었는지 물어봐도 돼요?"
"뭐라고 한 마디로 설명하기가 힘들어요. 이런저런 생각이 많이 들었
던 것 같아요. 가족들 생각도 나고 이제까지 제가 살아온 것도 돌아보
게 되구요. 그렇게 펑펑 운 것을 보면 뭔가 제 감정이 건드려 졌다는
건데 지금은 말로 설명이 잘 안 되네요."

아무렇지도 않게 애써 웃으며 저녁을 먹었지만, 아무렇지 않은
건 아니었다. 숙소에서 잠들기 전, 그 당시의 감정을 휴대폰 메모
장에 메모해 두었다. 그때의 기록을 그대로 옮겨보면….

오늘 보트 타면서 그리고 바라나시 도착 첫날부터 길을 걷다가도 문
득문득 눈물이 나는 건 내 안에 있는 뭔가가 건드려졌다는 것이다. 그
감정이 뭔지 표현해 보려고 해도 잘 안 된다. 여행 마치고 나서도 내내
떠올리며 생각 정리를 해봐야 할 것 같다.

갠지스강에서 보트를 타고 강을 건너면서 나도 모르게 눈물이 펑펑
쏟아졌다. '앞으로 나는 어떻게 살면 좋을까? 진짜 내가 바라는 건 뭘
까?' 이런저런 생각이 떠다녔다. 사람들 저마다 자기 삶을 살아간다.

갠지스강에서 보트 타고 인도원정대 3기 단체사진

모든 인생이 다 외롭고 힘들다. '아등바등 살 필요 없는데 뭣 하러 이리 열심히 살았나?' 싶은 생각이 제일 먼저 들었다. 모든 욕심 다 내려놓고 좀 편하게 살고 싶다는 생각을 한 것 같다. 꼭 내가 아니라도 되는 일에 너무 힘 빼지 말고 살자. 가족들에게 미안한 마음, 고마운 마음이다. 지인들에게도 미안하고 고맙다. '나는 왜 이것밖에 안 되나?' 하는 생각도 든다. '난 왜 스스로를 토닥토닥 해주고 만족하지 못하고 늘 자신을 괴롭히며 사나?' 싶기도 하다. 말로 글로 설명할 수 없는 복잡한 감정이 들었다. 사실 여행 내내 순간순간 신나면서도 마냥 즐겁지만은 않은 뭔가 복잡한 감정이다.

바라나시의 골목에 서서

인도 사람들 사는 것을 보면서 '아, 이 사람들이야말로 참 행복한 사람들이구나.' 하는 생각도 들었다. 자신의 업을 씻는다고 갠지스 강물에 뛰어들어 몸을 씻는 사람들을 보며, '저렇게 절대적으로 믿는 구석이 있으니 사는 게 행복하겠다.' 싶었다. 단순하게 사는 것이 행복하다. 그냥 좋으면 좋은 감정 하나면 그만인데 왜 좋은지 굳이 이유를 찾고 주변 눈치를 보고 이것저것 따지는 내 자신이 부끄러웠다. 아이들과 '난민 프로젝트'를 진행하면서 난민을 불쌍한 사람으로 여길 것이 아니라 존재 그 자체를 있는 그대로 받아들이고 인정하고 공감해야 한다고 가르쳤다. 인도가 후진국이라고 해서 우리가 도와줘야 할 대상으로 여길 것이 아니라, 이들 사는 모습 그대로를 받아들이면 된다는 생각이 들었다.

원정대 선생님들 한 분 한 분 반짝반짝 빛나는 분들. 너무 좋은 분들이다. 그런 분들과 함께 있다는 사실에 행복해서 눈물이 나는 것 같기도 하다. 나는 그만큼 좋은 사람인가 돌아보게도 된다. '내가 누리고 있는 모든 것들을 내가 누릴 자격이 있나? 내가 하고 있는 일들, 앞으로 하고자 하는 일들을 감당할 그릇이 되나?' 고래학교 교장 아닌, 우석 엄마 아닌, 학년 부장 아닌, 최선경 그 자체의 모습은 어떠한지 들여다보게 된다. 잠시 내가 가진 책임을 모두 내려놓고 자연인 최선경으로 지내다가 가고 싶다. 타이틀이 하나 더 붙을 때마다 책임감은 하나씩 더 늘어난다. 2020년엔 하나씩 내려놓자.

생각이 많아지는 곳.

나를 돌아보게 되는 곳.

인도에서 인도(人道)를 생각하게 되는구나.

인도 오길 잘 했다는 생각이 든다.

지금도 바라나시에서 내가 왜 눈물을 펑펑 쏟았는지, 내 감정을 정확하게 설명할 길이 없다. 삶과 죽음이 공존하는 갠지스강의 분위기에 압도되어서일까? 아니면 어둠속에 혼자 버려진 느낌이 들어서일까? 이제까지 참 열심히 살아왔는데, 앞으로는 또 어떻게 살아가야할까라는 막막함이었을까? 나이가 들수록 학교에서나, 가정에서의 책임은 커져가고 감당하기 버거운 일들이 내게 오기도 한다. 돌이켜보면 내가 하고 싶은 일과 자주 사랑에 빠지며 살았다. 앞으로도 내가 하고 싶은 일들을 하며 살 수 있을까? 아직도 내 눈물의 의미를 명확하게 정의할 수는 없다. 다만 그때 흘린 그 눈물이 나를 한 뼘 더 성장시켰음은 틀림없다.

04_ 다음 에피소드는 언제 나오나요?

인도에서 귀국한 바로 다음 날, 인도 후기를 블로그에 올렸다. 인도에 대한 기억을 붙들고 싶어서였다. 어쩌면 인도여행 동안 참고 참았던 글쓰기가 하고 싶었는지도 모르겠다. 기억하고 싶은 순간들이 너무나도 많았기에 후기 글 하나 남긴 걸로는 성에 차지 않았다. 일단 하나를 쓰고 나니 인도 일정을 하루도 빠짐없이 기록해 보고 싶은 욕구가 생겼다. '가끔은 나빴고 거의가 좋았다' 로 시작하는 나의 인도원정대 후기는 그렇게 시작되었다. 하루에 원정대 일정 하나씩 정리하는 것을 목표로 했다. 3일차 일정까지 정리했을 때쯤 비염 증세가 심해져 밤에 잠도 잘 못 잤다.

인도를 다녀온 후, 계속 아팠다. 평소에도 비염 증상이 있긴 했지만, 이번에는 약을 먹어도 좀처럼 낫지 않았다. 늘 다니던 이비인후과 약을 열흘 가까이 먹어도 호전이 없어서 혹시 코로나에 걸린 것은 아닌가 하는 생각에 두려웠다. 인도에서 귀국한 날이 1월 20일이니 코로나19 확진자가 있다는 소식이 들릴 때쯤이다. "자꾸 기침하는 거 보니 혹시 코로나 아냐? 병원에 한 번 가봐." 남편의 말에 덜컥 겁이 났다. 인근 내과에 가서 폐렴 검사라도 해봐야겠다는 생각에 몸을 움직였다. 내과에 가서 진찰을 받으니 폐렴증상은 아니고(코로나일 가능성은 없고) 비염이 심해져서 축농증으로 진행되었다고 했다. 쉽게 낫지는 않을 테니 약을 한동안 먹어야 한다고 했다. 폐렴이 아니라니(코로나가 아니라니) 다행이다 싶었다. 축농증 약이야 얼마든지 먹을 수 있었다.

병이 난 이유가 '여행 다녀오고 나서도 충분히 못 쉬어서 그런가? 후기 남긴다고 휴대폰 붙들고 있어서 그런가?' 싶어 이제 그만 써야지 생각했다. 그런데 그렇게 마음먹은 날, "선생님, 다음 에피소드는 언제 나오나요? 선생님 후기 기다리고 있어요. 사진이 많아서 더 좋아요."라는 블로그 댓글을 읽었다. 너무나 소중한 기억이 많은 여행이었기에 잊기 전에 기억 하나라도 더 붙들고 싶어서 나를 위해 시작한 기록이었는데, 누군가 내가 올리는 이야기를 손꼽아 기다리고 있다고 생각하니 너무 기뻤다. 후기 쓰는 보람이 있었다. 갑자기 책임감 같은 것도 느껴졌다. "선생님, 다음 에피소드 언

타지마할을 바라보며 내 미래를 그려보다

제 나오나요?" 이 한마디에 갑자기 힘이 솟았다. 그 핑계로 미루고 싶지 않던 인도원정대 후기를 끝내기로 마음먹었다. 거의 이틀 만에 일주일치 후기를 다 써버렸다. 누구도 시키지 않았지만 꼭 하고 싶었던 숙제를 끝냈다. 뿌듯했다. 인도원정대 후기를 쓰며 인도 여행을 한 번 더 다녀온 느낌이었다. 눈과 마음으로 여행지를 담아오고, 후기를 쓰면서 또 한 번 가슴에 담았다. 인도여행을 두 번 한 셈이다. 후기를 마무리 하고 나서야 인도원정대 여정이 완전히 끝난 느낌이었다. 이제야 인도에 대한 미련을 떠나보낼 수 있을 것 같았다.

인도여행 중에 자주 듣던 노래가 있다.

오랜 날 오랜 밤 동안 정말 사랑했어요.
어쩔 수 없었다는 건 말도 안 될 거라 생각하겠지만
밉게 날 기억하지는 말아줄래요.
아직도 잘 모르겠어. 당신의 흔적이 지울 수 없이 소중해

– 악동뮤지션 〈오랜 날 오랜 밤〉

노랫말처럼 나와 함께 한 누구도 밉게 기억되지는 않을 것이며 나 또한 그들에게 밉지 않은 기억으로 남기를 바란다. '가끔은 나빴고 거의가 좋았다' 는 후기 제목과도 잘 어울리는 가사이다. 블로그에 인도원정대 후기를 끝낼 즈음 그렇게 나를 괴롭히던 기침이 멈췄다. 아마도 나는 며칠 동안 독한 인도앓이를 한 것은 아니었는지.

후기를 일단락하고 기침도 멈춘 그때, 이제 인도는 내 기억 한 켠에 묻어두고 두 발 땅에 딛고 주어진 현실에 또 충실하게 살아가

어느 작은 가게에서 짜이 한잔 후 우버 택시를 기다리며

자고 다짐했다. 행복은 언제나 내 가까이에 있으니 일상으로 돌
아간다고 해서 슬퍼하지는 말자고 나를 다독이면서.

그래도 여전히 인도와 인도에서 함께 했던 그 사람들이 그립다.

05_블루 시티와 사랑에 빠지다

인도여행을 결심하게 된 결정적인 계기 중 하나가 '조드푸르'이다. 조드푸르(Jodhpur)는 1495년 독립 왕국이 세워지고, 16세기 무역이 번성했던 라자스탄의 제 2의 도시로 구시가의 외벽이 푸른색인 건물이 많아 '블루 시티'(Blue City)라는 별칭으로도 불린다. 공유, 임수정 주연의 영화 〈김종욱 찾기〉에 빠져 조드푸르를 좋아하게 되었는지 조드푸르에 빠져 〈김종욱 찾기〉를 좋아하게 되었는지 기억이 정확하지는 않다. 그런 기억이 뭐가 중요하겠는가. 조드푸르에 가서 〈김종욱 찾기〉에 나왔던 곳을 내 두발로 걸어 다녔다는 사실이 중요한 것 아닐까!

인도원정대를 준비하면서 멤버들이 각각 한 도시를 맡아서 사전

조사를 하기로 했다. 나는 자청해서 조드푸르를 맡았다. 조드푸르를 선택한 이유는 순전히 영화 〈김종욱 찾기〉 때문이었지만, 조사를 하다 보니 조드푸르의 매력에 더 빠지게 되었다. 인터넷에서 검색되는 정보를 나열하는 것에 그치지 않고 색다른 방식으로 정리해 보고 싶어 스스로에게 몇 가지 질문을 던지고 답해 봤다. 이 질문들은 〈생각으로 인도하는 질문여행〉에서 힌트를 얻었다.

Q1. 파란색은 당신에게 어떤 의미인가요?
파란색은 '꿈, 희망, 상서로운 기운, 긍정, 청년, 청춘, 고래학교'를 떠올리게 한다. '마음속에 푸른 바다의 고래 한마디 키우지 않으면 청년이 아니지.'(정호승) 아마 이 문구 때문이 아닐까 싶다.

Q2. 몇 살까지 청춘일까?
마음먹기에 따라서 평생 청춘이라고 생각한다. 지금도 마음만은 20대. 오늘이 내 인생에서 가장 젊은 날이다.

Q3. 당신의 리즈 시절은?
바로 지금! 보통은 젊은 시절로 돌아가고 싶어 하지만, 그 시절로 돌아가면 어려운 일들을 다시 다 겪어야 하고 (수능, 임용 고시, 결혼, 육아 등등), 또 열심히 살아야 할 텐데. 그냥 얼른 나이 들었으면 좋겠다는 생각을 할 때도 많다. '지금 할 수 있는 한 최선을 다하는 것. 이것이 흑역사도 리즈시절로 만드는 방법이 아닐까?' 라고 생각한다. 지금 내 모습이 좋다. 앞으로 점점 더 좋은 사람이 될 거라 믿는다.

인천공항에서 델리에 도착하자마자, 장장 14시간 동안 기차를 타고 조드푸르에 도착했다. 대장님은 쉬고 싶어하는 우리들을 재촉하여 옥상으로 데리고 갔다.

"선생님들, 방에 짐만 놔두고 옥상으로 바로 올라오세요."

"아, 좀 쉬고 싶은데 대장님은 왜 저리 재촉을 하시지."

"일단 올라가 봅시다."

"와우! 정말 너무 멋져요. 영화 속에 있는 것 같아요."

"대장님이 왜 빨리 올라오라고 한지 이제 알겠네요"

"다른 데 안 가고 계속 여기 앉아 있고 싶어요."

조드푸르 숙소 옥상에 올라가니 메헤랑가르성 전경이 보였다. 메헤랑가르성은 조드푸르 구시가지에 위치한 높은 성이다. 왕궁을 개조한 박물관. 마하자라(왕)의 대관식이 거행된 모띠 마할, 왕과 시녀들의 댄스홀인 풀 마할, 16~19세기 무기 전시실 등이 있으며, 성 위에서는 조드푸르의 블루 시티 전경을 내려다 볼 수 있다. 14시간 기차를 타고 온 피로감을 한 방에 날려버린 순간이었

메헤랑가르성에서 집라인 타기

숙소에서 본 메헤랑가르성

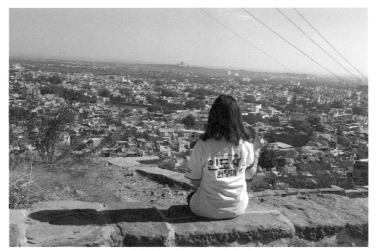

메헤랑가르성을 오르다가 한 컷

메헤랑가르성을 배경으로 인도원정대 3기 단체사진

다. 흔들의자에 앉아 메헤랑가르성을 보며 "우리 대장님 최고!"를 외쳤다. 그날 옥상에서 본 메헤랑가르성 전경은 인도 여행 통틀어 내가 꼽는 베스트 모먼트 중 하나이다.

도시를 이동하면서 최애 순간이 계속 업데이트되기는 했지만, 메헤랑가르성을 배경으로 집라인을 타고 하늘을 나는 순간만큼은 절대 잊을 수 없다. 총 여섯 번의 집라인을 타면서 본 경치는 정말 말로 표현이 다 안될 만큼 좋았다. 카메라에 다 담을 수 없었던 그 웅장함은 비현실적이기까지 했다. 내 생애 최고의 경험으로 손꼽힌다. 원래 겁이 많고 놀이기구를 타면 멀미까지 하는 편이라 과연 내가 해낼 수 있을까 반신반의했다. 괜히 일행들에게 폐를 끼치는 것은 아닌가 걱정이 되었다. 바이킹 탈 때처럼 소리를 지르면 무서움이 덜할 것 같아, 첫 라이딩 때 "아~~~" 하고 크게 소리를 질렀다. 회가 거듭될수록 무서움은 덜했지만, 처음 탈 때 소리 지르던 게 버릇이 되어 버렸는지 소리를 지르지 않으면 어색했다. 구간이 긴 코스에서는 소리가 끊겨 중간에 다시 지르기 시작했다. 그 모습을 보는 사람이 나밖에 없었는데, 혼자 생각해도 너무 웃겨서 무서운 와중에도 피식 웃음이 났다.

그날 저녁, 인도원정대 선생님들끼리 나눠 입을 인도풍 바지를 사러 어느 가게에 들어갔다.

"원정대 선생님들 하나씩 입을 바지 골라야 한대요."

"이거 어때요?"

"와! 완전 예뻐요. 선생님한테 잘 어울릴 것 같아요."

"그런데 이건 너무 튀어서 다른 분들이 싫어하실 것 같아요. 좀 무난한 걸로 골라요."

함께 간 선생님들과 웃고 떠들며 그 가게에 있던 바지를 마음껏 다 구경한 후,

"원정대 선생님들 입을 거 말고 제 개인적으로 이거 하나 살까 봐요. 그런데 이 옷이 가격이 적당한 건지 모르겠어요. 내일 다른 가게에 가보고 결정할까 봐요."

무난한 패턴으로 멤버들 나눠 입을 바지를 고르다가 특이한 패턴의 파란색 바지가 눈에 들어왔다. 만화 영화 〈알라딘〉에 어울릴 것 같은 느낌의 바지였다. 손에 들고 살까말까 망설이다가 너무 튀는 것 같아 내려놓았다. 다음 날 다른 가게에서 더 둘러보고 사야지라는 생각 때문이었다. 숙소에 돌아와서도 눈에 아른거려 꼭 사야지 했었는데, 다음 날 미처 가게 구경할 틈도 없이 바쁘게 조드푸르를 떠났다. '다른 도시에 가도 비슷한 바지 많이 있을 거야.' 위안을 하며 도시를 옮길 때마다 조드푸르에서 본 것과 비슷한 바지를 찾으려고 노력했지만 끝내 사지 못했다. 같은 걸 찾을

시장구경 소구경

수도 없었을 뿐더러 찾아다닐 시간도 없었다. 역시 여행지에선 눈앞에 보일 때 사고, 먹을 수 있을 때 먹고, 할 수 있는 건 다 해봐야 된다는 교훈을 얻었다. 미루면 안 된다. 나중은 없다.

06 _ 행복은 언제나 가까이에, 모든 것은
마음먹기 나름

여행 시작 전, 마음먹기로는 우리 팀에 워낙 사진 잘 찍는 분들이 많으니 난 그냥 눈으로 많이 담아 와야지 했다. 그런데 막상 멋진 풍경들을 눈앞에 두고 사진을 찍지 않을 수가 없었다.

"선생님 사진은 이상하게 뭔가 흐릿해 보여요."
"사진 찍기 전에 렌즈를 한 번 닦아서 찍어 봐요."

내 휴대폰으로 찍은 사진들이 다 흐릿하게 나와서 렌즈에 뭐가 묻은 줄 알았는데 자세히 보니 렌즈에 금이 가 있었다. 방학 시작할 때까지 너무 정신없이 지내느라 휴대폰 상태조차 확인도 못하고 여행을 떠났던 것이다. 금이 간 휴대폰으로 찍어 비록 화질도

흐리고, 구도도 엉망인 사진들이지만, 내 시선이 머무는 대로 내가 찍고 싶은 순간을 담은 사진들이 전문가가 찍은 사진 못지않게 내게는 값지다.

돌이켜보면, 인도원정대 내내 매일 신기록을 갱신하듯 감동의 강도가 세졌다. 감동의 강도가 세질수록 나의 휴대폰속 사진도 쌓여갔다. 연신 사진기를 눌러댈 수밖에 없었던 내 생애 최고의 일출을 조드푸르에서 만났다. 델리에서 조드푸르까지 14시간 동안 기차로 이동한 다음 날이라 피곤해서 일출 보러 갈 수 있을까 반신반의 했다. 출발시간에 맞춰 겨우 일어났다. 늦게 나가면 혼자 두고 갈까봐 눈뜨자마자 눈곱도 떼지 않고, 거울도 한 번 안 보고, 옷을 주섬주섬 챙겨 입었다. 새벽엔 추워서 한국에서 가져간 옷들을 몽땅 껴입고 방문을 나섰다. 아예 침낭을 뒤집어쓰고 나온 멤버들도 있었다.

우리들은 일출을 보기 위해 메헤랑가르성으로 향했다. 일출 전문가 제안 선생님이 찜한 곳을 향해 다 같이 앞으로 걸어 나갔다. 걸음이 빠른 나는 길도 잘 모르면서 다른 사람보다 앞서 걷게 되었다. 종서 선생님이 가는대로 따라가다 보니 거의 암벽등반 수준의 언덕이 나왔다. '그래, 난 시키는 대로 하는 사람이니까 또 산 타는 건 자신 있으니까' 나는 꿋꿋하게 암반등반에 성공

두 번 다시 보기 어려운 메헤랑가르성 일출

조드푸르에서 지낸 숙소

모델놀이를 하고 있는 나

우연히 눈을 돌려 발견한 파란색 골목

해 일출 명당에 자리를 잡았다. 내 뒤로 두 명의 멤버가 뒤따라 온 후, 나머지 멤버들은 더 이상 보이지 않았다. 이곳을 제안했 던 제안 선생님조차 보이지 않자, '음…, 여기가 제안 샘이 말한 곳이 아닌가? 다른 선생님들은 다 어디 갔지? 대장님도 안 보이 네?' 이런저런 생각이 들기 시작했다. 내가 자리 잡은 곳은 시야 가 탁 트여 일출 보기 딱 좋은 곳이었다. 나는 다시 돌아가기도 쉽지 않아, 그냥 그 자리에 앉아서 일출을 보기로 했다. 역시 고 통 뒤에 결실이 따르는 법. 우리 일행이 자리 잡은 곳은 진짜 일 출 명당이었다. 해가 모습을 드러내기까지 그리고 드러낸 후, 붉 은 빛이 하늘에 번지는 모습이 한 눈에 들어왔다. 그야말로 장관 이었다.

눈으로만 담기에는 아까워 휴대폰을 들고 열심히 사진을 찍었다. 하지만 그 아름다움의 백분의 1도 사진에 담기지 못했다. 이럴 줄 알았으면 사진 찍느라 신경 쓰는 대신 그 느낌을 한껏 즐기고 눈 에 더 많이 담을 걸 싶었다. '다 같이 한 자리에서 봤으면 더 좋았 을 텐데.' 라는 생각에 다른 멤버들이 어디 있는지 계속 주위를 둘 러보았다. 일출을 구경 후 언덕을 기다시피 내려와 보니, 다른 멤 버들은 멤버들대로 나름 명당에 앉아서 일출을 한껏 즐기고 있었 다. 괜한 걱정을 했다는 생각이 들었다. 멋진 장관을 언제 다시 볼 수 있을지 모르는데, 지금 현재 내 곁에 함께 있는 멤버들과 좀 더 즐거운 시간을 보낼 걸 싶은 생각이 들었다. 역시 '지금, 여기' 나에게 주어진 상황을 즐기고 몰입하는 것이 중요하다.

조드푸르에서 연신 파란색 집을 찍어댔다. 영화 〈김종욱 찾기〉에서 본 그런 구도를 찾고 있었다. 조드푸르 도착 첫날은 메헤랑가르성 투어와 집라인 타는 것으로 하루가 마무리 되었기에 파란색 골목을 찍을 시간이 별로 없었다. 다음 날, 릭샤(=동남아시아에 흔한 교통수단)를 타고 파란 집이 밀집되어 있는 마을로 갈까 하는 생각도 했으나 우리 숙소 쪽이 더 볼게 많다는 대장님의 말에 뜻을 접었다. 조드푸르 마지막 날 일정은 숙소에서 12시쯤 나가서 뭄바이 가는 비행기를 타는 거였다. 아침 먹고 간단하게 산책한 후, 짐을 챙기러 숙소에 들어가니 대장님의 긴급 소집이 있었다. 뭄바이에서 바라나시로 가는 비행기가 기상 악화로 취소되었다는 소식이었다. 이런! 난관을 어찌 헤쳐나가야 할까? 하루 늦게 한국에서 출발한 종화 선생님과 뭄바이에서 합류하기로 되어 있었는데 이를 어쩌나! 대책회의 중인 대장님과 숙소 주인 구찌(대장님의 오랜 인도 친구)를 걱정스레 쳐다보는 것밖에 내가 할 수 있는 게 없었다.

'아, 이 일을 어쩌면 좋지?' 라고 생각하며 무심코 몸을 돌렸는데, 내 눈 앞에 정말 예쁜 파란색 골목이 나타났다. 내가 찾던 바로 그

파란 골목을 배경으로 모델 놀이 중

파란색으로 덮힌 영화 속에서 보던 그런 골목이었다. 이틀 동안 그렇게 파란 집을 찾아 다녔는데, 저 멀리 있는 마을까지 찾아갈 뻔했는데, 알고 보니 이리 가까이에 내가 찾던 곳이 있었다니. 숙소를 그렇게나 드나들면서도 왜 발견하지 못했을까? 역시 내가 찾는 답은 늘 가까이에 있다. 늘 거기에 있었는데 내가 눈여겨보지 않았을 뿐이다. 발견하지 못했을 뿐이다. 우리가 찾아 헤매는 '김종욱'도 결국은 내 안에, 내 가까이에 있다. 내가 해결해 줄 수 없는 일. 죽을 상으로 앉아있는 것보다는 그 시간조차도 여행의 일부로 즐기자 싶어 골목을 배경으로 사진을 찍기 시작했다. 나머지 멤버들도 하나 둘 자연스레 동참했다. 서로 사진을 찍어주며 즐거운 한때를 보냈다. 파란 골목을 배경으로 각자의 인생샷도 건졌다.

그렇게 우리가 '모델 놀이'를 하는 동안 대장님은 문제를 해결했다. 뭄바이행 비행기를 취소하고 대신 저녁 5시에 자이푸르로 가는 기차를 타기로 했다. 자이푸르에서 바라나시로 가는 비행기를 타기로 한 것이다. 이렇게 여행지에서 예상치 못한 난관을 만나지만, 그 난관이 꼭 나쁜 것만은 아니다. 그 날 조드푸르에서 바라나시로 가는 비행기가 취소되지 않았더라면, 그렇게나 큰 즐거움을 준 '모델 놀이'를 하지 못했을 것이고 인생샷도 건지지 못했을 것이다. 더군다나 변경된 일정이었던 자이푸르가 너무 좋아서

우리 모두 입을 모아 "비행기 취소되길 잘했네."라고 했다. 결코
대장님을 위로하기 위한 말이 아니었다.

07 _ 인도에 대한 선입견을 깨다

 여행에 관한 이야기를 할 때, '사람' 이야기가 빠질 수 없다. 결국 어떤 이야기건 그 속에는 사람이 있다.

조드푸르에서 자이푸르(Jaipur)까지 기차로 5시간 거리이다. 대장님이 5시간이라고 말했을 때 델리에서 조드푸르까지 14시간 동안 기차를 타고 온 우리들은, "5시간이라고 했으니 최소 7시간은 걸리겠네."라며 편안한 마음으로 기차에 올랐다. 그런데 기차는 정말로 5시간 만에 자이푸르 도착했다. 모두들 의외라는 반응이었다. 게다가 숙소가 5성급 호텔이라 우리들은 신이 났다. 조드푸르에서 뭄바이로의 일정이 꼬이는 바람에 열 받아 5성급 호텔을 질러버렸다는 대장님의 말에서 내색하진 않았지만, 문제해결 하느라 얼마나 마음고생이 심했을지 미루어 짐작이 되었다. 숙소에 도착해서 짐을 풀고 쉬고 있었을 때 방학을 늦게 시작한 종화 선생님이 도착했다. 우리들은 버선발로 뛰쳐나가 반겨주었다. 이렇게 해서 인도원정대 3기는 열여섯 명의 완전체가 되었다. 대장님의 자이푸르 친구 모한을 만나 탄두리 치킨으로 하루를 마무리했다. 어딜 가나 베스트 프렌드가 있는 대장님. 그의 인맥 관리, 친화력에 모두들 감탄했다.

일정에 없던 자이푸르였지만, 예전부터 가보고 싶었던 곳이라 뭄바이행이 취소되고 자이푸르를 가게 된 것이 나는 더 좋았다. 대장님이야 숙소를 다시 잡고, 기차표에 비행기표까지 다시 예매하느라 진땀 좀 흘렸겠지만 말이다. 뭄바이를 갔었다면 또 뭄바이대로 좋았겠지만, 자이푸르에서의 시간은 그 시간대로 좋았다. 조드푸르가 '블루 시티'라면 자이푸르는 '핑크 시티'로 불린다. 19세기 중반 영국 왕세자 시절, 에드워드 7세가 자이푸르를 방문했을 때, 뜨거운 환영의 표시로 시내 모든 건물을 분홍색으로 물들였던 것에서부터 핑크 시티(Pink City)가 시작되었다고 한다. 현재도 건물을 개축할 때 주변과 비슷한 색상으로 색칠하는 건축법이 있어서 그 명맥을 이어가고 있었다. 저녁에 바로 비행기를 타고 바라나시로 이동해야했기에 자이푸르를 구경할 시간은 딱 반나절 정도였다. 아침 식사 후, 대장님이 원 포인트 레슨으로 자이푸르에서 꼭 봐야할 곳들을 설명해 주었다. 그날 아침 급 결성된 우리 팀은 '잘 마할(Jal Mahal)' (=물의 궁전) '하와마할(Hawa Mahal)' '잔타르 만타르(Jantar Mantar)' (=인도의 중세식 천문대 중 가장 큰 규모의 유적지)를 보고 오기로 했다.

우버 택시를 이용해야 했기에 유심을 가지고 있는 멤버와 함께 세 명이 한팀이 되었다.

"우리 숙소에서 가장 멀리 있는 잘 마할부터 가기로 해요."

"좋아요. 잘 마할 갔다가 하와 마할 보고 대장님이 추천해준 카페에서 짜이를 마시면서 멍 때리다가 와요."

"잔타르 만타르도 볼 만한 것 같은데 거기도 잠깐 들릴까요?"

"좋아요. 일단 우버 불러요."

우리들은 숙소에서 가장 멀리 있는 잘 마할부터 가서 역순으로 보고 숙소로 돌아오기로 했다. 잘 마할에 도착하자마자 사진을 찍고, 길거리 좌판에서 냉장고 자석과 장난감칼을 샀다. 화상 통화 때마다 나를 보고 싶어 하는 아들을 달래기 위한 선물이었다. 우리들은 잘 마할을 눈으로 담고 하와 마할쪽으로 급히 이동했다. 하와 마할은 자이푸르의 랜드마크로 '바람의 궁전' 이라 불린다. 대로변에 있어 찾기 쉬웠다. 내부는 볼 필요가 없다고 해서 건물 앞에서 인증샷만 찍고 우리들은 다시 잔타르 만타르로 바로 이동했다. 구글 지도에서 잔타르 만타르를 검색해서 걸어가보니 하와

잠깐 머물렀지만 기억에 남는 물의 궁전

마할에서 잔타르 만타르까지 꽤 멀었다. 우버 택시를 타고 잔타르 만타르부터 갔다가 하와 마할로 이동하는 게 더 나을 뻔했다. 우리의 마지막 코스는 하와 마할이 내려다보이는 루프탑 카페에서 짜이 한 잔 마시는 것이어서 하와 마할로 다시 가야 했다.

일행 중 두 사람이 앞서 걷고 나는 그들의 뒤를 따라 걸어가고 있었다. 주변을 두리번거리다가 눈을 돌려보니 두 사람은 이미 차도를 건넌 상황이었다. 인도를 가 본 사람들은 알겠지만, 신호등 개념도 없고, 건널목 개념도 없는 인도의 도로. 그 위에서 무수히 많은 자동차와 오토바이 사이에 끼어들 엄두를 못 내고 마냥 서

복잡한 인도의 거리

있었다. 일행들도 길 건너편에서 어찌할지 몰라 나를 쳐다보기만
했다.

"앗! 선경선생님이 길 못 건넜구나. 어떡해요. 인도는 차 지나가도 그
냥 막 끼어들어야 돼요."
"흑흑. 도저히 못 끼어들겠어요."

나는 선뜻 인도에서 도로 위로 발을 뗄 엄두가 나지 않았다. 그 모
습이 애처로워보였는지 나를 한참 지켜보던 인도 소년 하나가 차
도로 끼어들어 가던 차들을 세우고 내가 길 건너는 것을 도와주

었다. '뭔가 나에게 요구하려는 것 아니야?' 의심하는 마음이 순간 들기도 했다. 인도 오기 전 듣던 소문대로라면, 길을 건너가게 해 주고 돈을 달라고 할 것 같았다. 소년은 예상과 다르게 내가 길을 건너는 것을 도와준 후, 웃으며 사라졌다. 순수하게 도움을 준 것이다. 어찌나 고맙던지.

우리들은 열심히 걸어서 잔타르 만타르에 도착했다. 입구까지만 가서 건물을 둘러보고 릭샤를 타고 하와 마할로 다시 돌아가기로 했다. 보통 출발할 때, 릭샤 가격을 흥정하는데, 우리들은 깎는다고 깎았는데 내릴 때 생각해보니 바가지를 쓴 듯했다. 50루피면 충분한 거리였는데 70루피를 냈다.

"It's too expensive."

"No, No. We are good friends. What's your name?"

진미 선생님이 너무 비싸다 하니, 웃으며 우리 이름을 묻더니 이제 우리는 친구라며 너스레를 떠는 릭샤꾼. '그래 여기는 인도. 오늘 내가 인도 체험을 제대로 하는구나.' 라고 생각하고 말았다. 릭샤꾼이 내려준 곳은 우리가 처음 봤던 하와마할 쪽이 아니라 건물 뒤쪽이었다. '아니, 요금 바가지 썼는데 위치까지 잘못 내려준 거야?' 하고 욱할 뻔한 순간 마음을 고쳐먹었다. 그 덕에 아까 보지 못한 하와 마할 다른 쪽을 볼 수 있어서 오히려 좋다고. 기분

카페 루프탑에서 본 바람의 궁전 짜이 한 잔과 함께

상해하지 않고 하와 마할 내부를 통과하여 건물 앞쪽으로 와서 우리들의 마지막 목적지인 카페로 이동했다. 카페 루프탑이 어찌 나 높던지 현기증이 날 정도였다. 루프탑에서 내려다보는 하와 마할과 그 주변 풍경이 장관이었다. 짜이를 마시며 짧은 시간 안 에 우리가 가고자 했던 곳을 다 둘러본 것을 뿌듯해 하며 경치를 충분히 즐겼다.

"아, 아까 그 소년하고 사진이나 같이 한 번 찍어둘 걸."
나는 카페에 앉아서 여유를 찾고 나서야 인도 소년과 사진이라도 찍어둘 걸 싶은 생각이 들었다. 인도 여행 가기 전에는 인도 사람들은 다 사기꾼에 관광객들 주머니 털 궁리만 하는 것으로 묘사되어 인도인을 경계하는 마음이 있었다. 그날 그 소년의 따뜻한 배려를 받고 나니 인도인에 대한 이미지가 많이 달라졌다.

자이푸르에서 길을 건너지 못해 안절부절 하던 장면, 내가 길을 건널 수 있게 도와준 인도 소년의 모습을 떠올리면 지금도 웃음이 난다. 인도(人道)에서 막막해 하던 나를 도와준 인도(印度)인 소년. 인도(人道)를 아는 그 소년. 다시 인도를 가게 되면 그 소년을 찾아보고 싶다.

08_This is 인도

가보기 전엔 그저 무법천지로만 여겨졌던 인도에서 우리나라 시스템보다 더 효율적이고 합리적이라고 생각됐던 것들이 몇 가지 있었다. 인도 국내선인 인디고 항공을 타고 자이푸르에서 바라나시로 이동할 때 생각보다 비행기가 깨끗해서 일단 한 번 놀랐다. 비행기 뒷좌석 쪽에 출입문이 있어 뒤 번호 승객들은 뒤쪽으로 앞 번호 승객들은 앞쪽으로 탑승하는 시스템이 신기했다. 운영이 합리적이란 생각이 들었다. 그렇게 양쪽 출입문으로 탑승을 하니 시간을 줄일 수 있었다. 사람들 틈을 비집고 통로를 지나다니는 불편함을 줄일 수 있어서 좋았다.

인도 도착 첫날, 델리 공항을 어렵게 빠져 나와 지하철을 타기 위해 지하철역으로 이동했다. 지하철역에서 낯선 장면을 만났다.

공항도 아닌데 보안검색대가 설치되어 있었다. 인도는 지하철 역사, 유적지, 호텔 등 모든 건물에 들어가기 전 보안검색대에서 가방 검사를 했다. 늘 바리바리 물건을 많이 들고 다니는 나는 여간 불편한 것이 아니었다. 휴대폰 하나만 주머니에 넣고 다니는 일행들은 검색대를 통과만 하면 되는데, 작은 크로스백을 늘 메고 다녔던 나는 호텔 출입 때마다 가방을 벗어 검색대에 올리는 번거로움을 감수해야 했다. 번거롭게 여겨지기도 했지만, 그만큼 꼼꼼하게 체크하니 안전을 보장할 수 있는 것 같아 안심이 되기도 했다. 다음번에 인도를 가게 된다면 주머니가 많은 옷을 입고 가서 소지품들을 주머니 속에 다 넣고 다닐 것이다. 특히 인도에 있는 유적지 관람 시 유의할 점은 카메라는 가지고 들어갈 수 있지만 삼각대나 카메라에 달린 손잡이는 아무리 작아도 반입이 불가하다는 사실이다. 유적지 건물 벽에 혹시라도 흠집을 낼까봐 금지하는 거라고 했다. 타지마할에 들어갈 때 우리 일행 중에도 보안검색대에 걸려 카메라 손잡이를 클락룸에 맡겨야만 했다.

지하철역에 돈을 거슬러주는 직원이 상주하는 것이 신기했다. 레드포트 입구와 매표소가 한참 떨어져 있어서 인증샷을 찍고 한참을 걸어 매표창구로 가서 표를 끊었다. 외국인 600루피 현지인 50루피. 인도는 현지인과 관광객에게서 받는 유적지 입장료 차이가 많이 났다.

우리들은 네루대학교를 방문해서 학생들과 교내 투어를 했다. 델리 시내를 한 눈에 내려다 볼 수 있는 언덕이 있어서 그곳에서 기념사진도 찍고 한참 동안 시간을 보냈다. 이런저런 이야기를 나누던 중 인도에도 공기놀이가 사실을 알게 되었다. 즉석에서 돌을 골라서 공기놀이를 했다. 서로가 신기해했다. 여고생 마냥 까르르 웃음소리가 여기저기에서 들렸다. '동동동대문을 열어라, 남남남대문을 열어라' 노래를 부르며 남대문 놀이를 하기도 했다. 모르긴 몰라도 인도와 한국의 조상들이 비슷한 생활방식을 가지고 살았다는 생각이 들었다.

네루대학교 투어를 마치고 저녁때쯤 공연을 보러 갔다. 난방시설이 되어있지 않아서 우리들은 추위와 싸우느라 공연에 집중하기 힘들었다. 인도의 겨울은 우리나라보다 덜 춥지만, 우리나라만큼 실내 난방을 하는 것이 아니라서 호텔에서도 추위에 떨어야 했다. 평균 기온만 생각하고 반팔이나 긴팔도 얇은 것으로 준비해 갔는데 인천공항에 입고온 외투를 맡긴 것을 후회하는 일행들이 많았다. 추위에 어느 정도 적응을 하고 나서는 신나는 음악에 몸이 들썩이기 시작했다. 커튼콜 때는 멤버들이 모두 자리에서 일어나 공연한 배우들과 함께 신나게 춤을 추기도 했다.

한국으로 돌아오기 전, 델리에서의 마지막 날에도 1분 1초를 아껴

내가 쇼핑에 빠져 있는 동안 공연을 구경하는 일행

카스타카 입구

화려한 공연만큼 외관이 화려했던 '장구라' 공연장

가며 쇼핑과 관광지 투어를 마쳤다. '카스타카' 라고 불리는 전통 시장이 있었는데, 그곳에서 산 귀걸이를 요즘에도 즐겨하고 다닌 다. 사람들이 귀걸이가 예쁘다며 어디서 샀느냐고 물을 때마다 인도에서 샀노라고 자랑삼아 이야기한다. 귀걸이를 구입한 곳은 수공예품 전문 공정무역시장이었는데, 결제 시스템이 특이했다. 가게에서 가격을 종이에 적어주면 통합 계산대에서 계산을 하고, 다시 가게에 영수증을 제출해야 물건을 받을 수 있는 시스템이었 다. 마지막 날 이곳을 갈까 말까 망설이다가 점심을 포기하고 간 곳이었는데 취향 저격, 가기를 정말 잘한 곳이었다.

카스타카를 가기 전, 인도에서 이것만은 꼭 사야해 하는 물건들을 구입하기 위해 '엠비어스몰'로 갔다. 지인들에게 줄 선물을 사기 위해서였다. 1분 1초가 아쉬웠던 나는 엠비어스몰에 들어서자마자 안내 센터로 성큼성큼 걸어가 '히말라야' 파는 곳 어디냐고 물어서 '파머시'(Pharmacy:약국이라는 뜻이지만 생필품을 파는 곳)를 찾아 갔다. 인도 영어는 참 알아듣기가 힘들다. 영국식 발음에 인도 특유의 억양이 섞여 있어서 그런 것 같다. 그래도 이런 큰 몰이나 호텔에선 그나마 영어가 잘 통하는 편이다. 2년 전 처음 인도에 와서 대장님이 인도인들과 영어로 스스럼없이 대화를 하는 것을 보고 참 대단하다고 느꼈다. 한 마디로 문화 충격이었다. 영어를 가르치고 있는 나도 이해가 안 되는 상황인데 영어로 능수능란하게 소통을 하니 놀랍기만 했다. 영어를 한다기보다는 인도 현지인의 언어를 구사한다는 느낌이었다. 그는 인도 현지인에 가까웠던 것이다. 느긋함, 자신이 하고자 하는 바를 끝까지 전달하는 능력, 어떤 상황에서도 당황하지 않는 '노 프라브럼' 정신. 그가 인도를 그리 좋아하는 이유를 이제 조금은 알 것 같기도 하다.

09 _ 인도원정대가 특별한 이유

 인도원정대 하이라이트라고 할 수 있는 일정이 바라나시에서 있었다. 바라나시에 있는 공립학교에 학용품을 기부하는 행사가 바로 그것이다. 원정대 멤버들은 한국에서 각자 학생들과 동료들에게 인도원정대 취지를 알리고 학용품을 기부 받았다. 멤버들의 무거운 배낭과 캐리어를 차지하고 있던 대부분의 짐이 바로 이 학용품들이었다. 인도원정대 2기 때 방문했다는 학교에 대장님과 사전답사를 갔다. 마침 점심시간이었는지 운동장에 있던 학생들이 대장님과 내 주변으로 모여들자, 나는 마치 영화 속에 있는 느낌이 들었다. 이방인인 내가 그들에게는 신기한 모양이었다. 방문일정을 상의하기 위해 교감 선생님을 만났다. 그는 그 학교 영어 교사이기도 했다.

"Oh, my friend. Please sit down here. In india we think guests are gods. You are a god. You are a godness."

손님을 신처럼 모시는 것이 인도인들의 예의라며 계속 자리에 앉기를 권하고 나를 보자마자 '마이 프렌드' 라며 반겨주었다.

다음 날, 일행들과 함께 학교를 다시 방문했다.
"Oh my best friend~, Come here come here~."

전날 만났던 교감 선생님이 나를 무척이나 반갑게 맞아 주었다. 연신 '마이 베스트 프렌드' 를 외치며 사진을 찍을 때도 본인 옆에 서있게 했다. 다음에 한 번 더 만나면, '마이 패밀리' 라고 할 기세였다. 인도인들은 정이 많은 것 같았다. 인도원정대를 환영하기 위해 전교생이 운동장에 모였다. 학생들과 기념촬영을 하고 가지고 간 학용품들도 나누어 주었다. 학생들이 수업하는 교실 곳곳을 둘러보며 아이들과 학교 선생님들과 자유롭게 이야기도 나누었다. 아쉬움을 뒤로 하고 우리를 선입견 없이 반갑게 맞아주고 학생들과의 만남, 학교 투어를 허락해 준 것에 감사하며 공항으로 향했다. 다음엔 아예 볼펜이나 노트에 인도원정대 로고를 새겨 가서 학생들에게 선물하고 싶다는 이야기를 나누며 바라나시를 떠났다.

인도원정대가 다른 여행과 가장 차별화되는 프로그램은 바로 인도 최고의 대학교인 JNU(자와할랄 네루대학교) 한국어학과 학생들과 함께하는 한국어 수업과 일일 델리 투어이다. 네루대학교 한국어과 석사 이상 친구들과 원정대 교사들은 1대 1 결연을 맺는다. 원정대 교사들이 네루대학교 학생들을 대상으로 수업도 한다. 교사로서 교육 나눔의 가치를 생각하는 활동이다. 수업 다음 날은 결연을 맺은 학생과 델리의 다양한 곳을 함께 다니며 그들의 삶과 문화를 더 깊숙이 이해할 수 있는 시간을 갖는다.

이번 원정대 3기에서는 캘리그라피로 좋은 구절 쓰기, 독립 영웅 인형 만들기, 델리 소개 리플릿 만들기 등의 다양한 수업이 이루어졌다. 나는 두 번의 방문 모두 '델리 소개 리플릿 만들기'로 수업을 진행했다. 서너 명이 한 모둠이 되어 우리 원정대에게 소개할 리플릿을 만드는 활동이었다. 다음 날 일일 투어가 예정되어 있기에 실질적인 여행 팁을 제공하는 거라 학생들의 몰입도가 상당했다. 학생들이 리플릿에 소개한 장소를 직접 가보기도 했다. 역시나 현지인들의 추천이라 믿을만했다. 신기한 것은 원정대 1기 때 학생들의 작품보다 3기 때 학생들 작품이 훨씬 더 훌륭했다는 점이다. 내가 지속적으로 가르친 학생들이 아닌데도 해를 거듭할수록 발전하는 모습이 인상적이었다. 학생들의 수업 참여도와 결과물을 보며 그들의 한국어에 대한 사랑을 느낄 수 있었다.

캘리그라피 수업을 이끈 종서샘이 써 준 글 '넌 충분히 괜찮은 사람이야!'

인도 공립학교 방문을 마치고 떠나는 길

최근 인도에서는 한국과 한국어에 대한 관심이 아주 많다고 한다. 인도 친구들이 한국어를 접하는 것은 다른 나라와 마찬가지로 인터넷을 통해 K-POP과 드라마, 영화 등 한국 문화콘텐츠에 관심을 가지고 한국어를 배우는 경우이다. 또한 한국 기업에 취업하기 위해 한국어를 배우기도 한다. 여러 도시에 한국 기업들의 진출이 활발한 가운데 인도 내 인기 직업인 기술 관련 일자리가 많이 필요하기 때문에 한국 기업으로의 취업을 위해 많은 학생들이 한국어를 배운다고 한다. 특히 현대와 삼성 등은 인도 내에서도 인지도가 높기 때문에 학생들에게 큰 인기를 얻고 있다. 실제로 내가 만난 네루대학교 학생들은 한국 회사에 취업하는 것을 목표로 삼고 있었고, 모두들 한국으로 유학 오고 싶어 했다.

총 두 번의 인도 방문에서 나는 두 명의 네루대학교 학생과 결연을 맺었고 그들과 친구가 되었다. 인도를 다시 가야겠다는 결심을 하게 된 이유 중 하나가 2년 전 결연을 맺은 '제이'를 다시 만나고 싶다는 마음도 있었기 때문이었다. 원정대 1기를 마치고 한국에 돌아오고 나서도 제이와는 종종 연락을 하고 지냈다.

제이는 내가 사투리를 쓴다는 것을 알아차릴 정도로 똑똑한 학생이었다.
"선생님, 선생님은 다른 선생님들하고 다른 지역에서 오셨어요? 말투가 좀 다른 것 같아요."

말수가 적고 수줍음 많던 제이가 다 같이 식사를 하는 자리에서 나를 유심히 쳐다보더니, 다른 선생님들과 사는 지역이 다르냐고 물어서 내가 배꼽 빠지게 웃었던 기억이 있다. 어떻게 귀신같이 내가 대구 사투리 쓰는 걸 알았을까? 외국인들에게도 사투리는 사투리로 들리나 보다. 아니면 제이가 유독 언어 능력이 뛰어난 학생일 수도 있다. 귀국 후, 제이가 한국어 시험을 본다고 해서 당시 내가 가르치던 학생들에게 "얘들아, 선생님 인도 친구에게 한국어를 잘하는 방법을 너희가 가르쳐주면 어떨까?"라고 제안을 했다. 학생들의 아이디어는 다양했다. 한국어 프로그램도 이야기 해주고 자신들이 영어 공부한 경험을 살려 여러 아이디어를 냈다. 제이는 한국으로 잠깐 유학을 오기도 했는데 서울에서만 지내다가 가서 얼굴을 직접 보지는 못해 아쉬움이 컸었다.

제이 친구인 아비가 인도원정대 3기 네루대학교 투어와 수업을 총괄하는 역할을 맡아서 며칠을 함께 할 수 있어 반가웠다. 제이도 곧 만날 수 있겠지 했는데 이미 취직을 한 제이와 시간이 맞지가 않았다. 한국으로 돌아오는 델리 공항에서 별다방에 앉아 쉬고 있을 때쯤 제이에게서 카톡이 왔다.

"선생님, 조금 이따가 뵙겠습니다."

"헉! 제이~ 나 지금 공항이야."

"진짜요? ㅜㅜ"

"제이 조금만 더 일찍 오지…."

"몇 시 비행기에요?"

"7시 40분 비행기. 대장님만 1박 더하고 스리랑카로 가고 나머지 일행들은 다 같이 비행기 타고 이제 한국으로 가는 거야."

"아, 그렇군요. 저는 선생님도 오늘까지 델리에 머무는 줄 알았어요. 진짜 아쉽네요."

"그러니까 너무 아쉽네. 다음에 제이 한국 오면 꼭 만나자."

"진짜 아쉽네요. 그래도 페이스톡으로 얼굴 봐서 좋아요. 제가 또 연락드릴게요. 조심히 가세요."

"그래, 제이 못 만나고 가는 거 너무 아쉽네. 그렇지만 내게 인도 또 와야 하는 이유가 생겼어."

제이가 취직 후 외곽지에 있어서 날 보러 못 오는 줄 알고 있었는데 일요일이라 올 수 있었던 모양이었다. 대장님과 연락을 주고받던 제이는 내가 델리에 다음 날까지 머무는 걸로 착각한 모양이다. 제이 친구 아비를 만났을 때, 제이 상황을 알아볼 걸. 여행 다니면서는 분주하게 움직이다보니 정신이 없어서 미처 제이한테 연락해 볼 생각을 못했다. 그냥 당연히 시간이 안 되는 줄 알고 연락조차 해보지 않은 내 자신이 너무 원망스러웠다. 처음 페이스톡을 시도했을 때 제대로 연결이 안 되어 더 애틋해졌다. 다행히 페이스톡에 성공했다. 제이 얼굴을 보니 직접 못 만나고 가는 게 더 아쉽게 느껴져 눈물까지 날 지경이었다. 게다가 제이가 아쉬워하는 모습을 보니 더욱 안타까웠다. '이렇게 아쉬움을 뒤로한 채 인도를 떠나게 되다니…. 아쉬움을 뒤로하고 가니 내가 언젠가 또 다시 인도에 오겠구나.' 하는 생각이 들었다.

제이의 카카오톡 프로필에는 '돈으로 경험 사세요.^^ – 최선경' 이라는 문구가 적혀 있다.
인도원정대 1기 때, 내가 해준 이야기인데 와 닿았던지 몇 년째 그 문구를 자신의 모토로 삼고 살고 있는 제이. 제이를 다시 만나기 위해서라도 언젠가 인도를 꼭 다시 가게 될 것 같다.

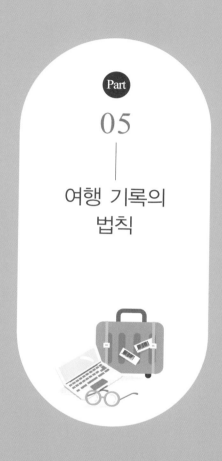

Part

05

여행 기록의
법칙

01_ 일정을 기록하라

여행은 할 수 있을 때 해야하고, 기록도 그때 남겨야 한
다는 생각이 들어요. 기록과 사진이 없는 여행은 어느샌
가 잊히고 말아요.

—김민식(2019), 〈내 모든 습관은 여행에서 만들어졌다〉, 282쪽

그렇다. 기록은 그때 그때 남겨야 된다. 그래야 잊히지 않는다.
'기록은 기억을 이긴다.'고 했다.
대만으로 가족여행을 떠날 때 일정표를 만들었다. 예전에 유럽
배낭여행을 갈 때 만들었던 일정표를 참고했다. 미국 연수를 갈
때도 마찬가지였다. 내가 만든 여행 일정표를 보고 연수생들이
감탄을 금치 못했다. 날짜, 그날 방문할 주요 장소, 숙소, 예산, 준
비물, 그 곳에서 내가 꼭 하고 싶은 것 등을 한 눈에 보이게 한 장

의 달력 형태로 정리했다. 막상 여행을 하게 되면 계획대로 모든 것이 흘러가는 것은 아니지만, 이렇게 일정표를 만들어두는 것이 여행할 때 하나의 이정표가 되었다. 매일 할 것이 정해져 있으니 목적을 가지고 움직이게 되었다.

〈일정 기록 예시〉

인도원정대 3기 일정표

샌프란시스코 여행 일정표

인도원정대 대장님은 여행 전에 우리가 들고 다닐 소책자를 만든다. 책자에는 전체 일정이 나와 있다. 매일 그날 갈 주요 행선지, 행선지에 대한 간략한 정보, 숙소 이름 등이 적혀 있다. 도시 간 이동경로, 이용할 교통수단(비행기 편명 등)도 표시되어 있다. 이 책자가 여행하는데 길잡이가 된다. 여행을 하면서 이 책자 덕을 톡톡히 봤다. 길을 찾거나 우버 택시를 타고 행선지를 입력해야 할 때 책자에 적힌 정보가 큰 도움이 되었다. 16명의 인도원정대 멤버들이 주제를 나누어 책자에 실릴 내용을 준비했다. 각 도시와 인도의 문화에 대해서 조사했다. 나는 조드푸르를 맡았다. 내가 관심이 있어서 조사하겠다고 한 것이기도 했지만, 미리 조사를 했던 도시여서 그런지 조드푸르에 갔을 때 지명이 낯설지 않았고 더 친근하게 다가왔다. 애착이 갔다. 학교 일로도 빡빡한데 원고 독촉을 받을 땐 '아, 굳이 이렇게까지 해야 하나?' 하고 불만스럽기도 했는데 지나고 보니 왜 그런 절차를 거쳤는지 이해가 된다. 이렇게 여행을 떠나기 전에 일정을 기록하고 여행지에 대해 조사해 보는 것, 그 자체가 여행에 색다른 의미를 부여하는 의식이 된다는 것을 이제는 안다.

여행지에서 어떤 일이 있었는지 미리 만들어둔 일정표에 간략하게 메모를 하거나 휴대폰 메모앱, 블로그 등에 하루 일과를 짧게라도 기록해 두면 기억을 소환하기가 쉽다. 여행을 다녀와서의 기록도 중요하다. 현실로 돌아왔으니 이제 여행은 끝이 아니라 여행을 마친 후 기록을 정리하면서 여행을 한 번 더 하는 효과가 있다. 기록을 정리하다보면 미처 여행을 하면서 깨닫지 못한 의미를 찾을 수 있다.

요즘 블로그에서 제공하는 서비스 중에 '1년 전 오늘'이라는 서비스가 있다. 말 그대로 1년 전 오늘 내가 남긴 글을 리마인드 시켜

주는 프로그램이다. 이 프로그램을 통해 잊고 있었던 기억의 한 장면이 떠오르곤 한다. 신기한 것은 '언제 이런 일이 있었나?' 낯설다가도 사진이나 내가 쓴 글을 들여다보고 있으면 당시 상황이 자세히 또 기억이 난다. 기억의 저편으로 사라지고 말았을 소중한 추억이 떠오르는 순간의 기쁨은 이루 말로 표현할 수 없다. 그만큼 기록의 힘은 세다.

기록의 중요성을 절감하는 것은 비단 여행에서뿐만 아니라 일상 생활에서도 적용된다. 최근에 몸무게를 2키로 정도 감량하는데 성공했다. 댄스 인증 프로그램에 참여한지 2주만의 변화이다. 춤추면서 스트레스도 풀고, 운동도 하면 좋겠다 싶어 등록했는데, 이리 변화가 눈으로 보일지 몰랐다. 이번 다이어트의 성공 요인 중 하나는 하루에 내가 무엇을 얼마만큼 먹었는지 세세하게 기록한 덕분이다. 실제로 기록했을 때와 안 했을 때의 차이를 확연히 느끼고 있다. '많이 먹지도 않는데 왜 나는 살이 찔까? 왜 살이 안 빠질까?' 라고 늘 생각했는데 하루 식단을 적어보면 의외로 많이 먹고 있다는 것을 알 수 있다. 여행 이야기를 하다가 뜬금없이 다이어트 기록 이야기를 하는 이유는 기록도 다 습관이 되어야 한다는 점을 말하기 위함이다. 평소에 기록을 잘 하지 않던 사람이 여행을 가기 전이나 다녀와서 갑자기 기록을 잘 하게 되지는 않는다. 평소에 기록하는 습관을 쌓아야한다. 일상이 여행이라 생각하고 매일 매일의 일상을 기록하는 것부터 시작하자.

기록은 그냥 놔두면 스쳐 지나가 사라져버릴 순간들에 의미를 부여한다. 평범한 일상이 기록을 통해 의미 있는 사건으로 탈바꿈한다. 기록은 기억을 가치롭게 한다. 기록하는 사람의 삶에는 버려지는 시간이 적다. 그래서 그들은 같은 시간을 살아도 일반 사람들보다 더 많은 날을 사는 효과를 누린다.

- 신정철(2015), 〈메모 습관의 힘〉, 304쪽

02_ 내가 여행을 즐기는 법

2020년 초에 〈내 모든 습관은 여행에서 만들어졌다〉를 읽었다. 여행을 주제로 한 책이지만 일상의 소중함에 관한 책이다. 여행을 떠나라고 부추기는 것이 아니라 내 가까이에서 즐거움을 찾으라고 말하는 책이다. 이 책을 읽으면서 공감되는 부분이 참 많았다. 나의 여행기를 쓰고 있는 지금 김민식 작가님의 책 여러 구절이 떠오른다. 나의 생각을 잘 대변해 주고 있기 때문이다. 여행의 즐거움을 극대화하기 위해 작가님이 권하는 3가지가 있다.

1. 여행을 떠나기 전 준비과정 즐기기
2. 마음 챙김을 통해 여행의 매 순간 즐기기
3. 여행을 마친 후 여행기 기록하기

이 부분을 읽으면서 '어라, 이거 내가 하는 거랑 똑같네.' 라는 생각을 했다. 내가 여행을 즐기는 방법을 정리해 보았다.

1. 일정을 미리 정리해 본다. 이동경로, 숙소, 예산, 꼭 봐야 할 것 등을 적어둔다. 그 장소에 갔을 때 내가 하고 싶은 게 무엇인지 표시해 둔다. 그 곳에서만 할 수 있는 체험, 그 장소에서만 살 수 있는 물건 등을 조사해서 기록해 둔다.

2. 숙소나 카페 한 곳은 여유 있게 즐긴다. 비용이 좀 들더라도 하루에 한 번 정도는 나를 위한 보상을 준다. 여행에서 중요한 건 '소유가 아니라 경험' 이다. 사물을 소비하는 게 아니라 경험을 소비하는 삶이 가치가 있다. 여행지에서만 할 수 있는 경험을 꼭 하나씩 해본다.

3. 인터넷 면세점에서 그동안 내가 사고 싶었던 물건 중 하나를 구입해 두는 것도 여행을 즐기는 방법 중 하나이다. 많은 물건을 사지 않더라도 장바구니에 물건을 담아두는 것만으로도 기분이 좋아진다. 여행을 다녀와서 면세점에서 산 물건을 보면서도 여행을 추억할 수 있다. 현지에서 사온 물건은 말할 필요도 없다. 지금도 내 화장대 위에는 인도여행 마지막 날, 카스타카에서 산 귀걸이와 팔찌가 올려져 있다. 여행지에서 사온 물건들을 보기만

해도 기분이 좋아진다.

4. 여행지 관련 영화를 보거나 책을 읽는다. 대만 여행 가기 전 대만 관련 영화를 여러 편 찾아보았다. 영화를 보면 영화 촬영지에 가보고 싶다는 소박한 꿈을 가지게 된다. 영화 촬영지를 찾아간다는 기대로 여행이 더 기다려진다. 그리고 찾아다니는 재미가 쏠쏠하다. 인도여행을 할 때도 마찬가지였다. 인도를 두 번 다녀오면서 인도 관련 영화를 많이 찾아봤다. 또한 영화를 통해 인도 문화에 익숙해질 수 있었다. 미국 연수를 갈 때는 비행기 안에서 '혹성탈출'을 봤는데 마침 내가 머물 샌프란시스코를 배경으로 한 영화라 무척 반가웠다. 덕분에 영화를 더 재미있게 봤다. 여행지에서의 경험도 중요하지만 여행을 한다는 건 내가 접해 보지 못한 문화와 사람들을 이해한다는 것이다. 이런 이해를 위해서 책 읽기와 영화보기는 어쩌면 선택이 아니라 필수일지도 모르겠다.

5. 매일 날짜별로 일정을 기록한다. 여행을 하면서 현장에서 바로 기록을 한다. 하루 이틀 쓰지 못한 날이 있더라도 기억이 잊히기 전에 메모라도 해두려고 한다. 그래야 여행을 다녀와서 정리하기도 쉬워진다. 이제까지 여행을 다니면서 거의 매일 일기를 썼다. 예전에는 수첩을 들고 다니면서 썼다. 숙소에서 잠들기 전 그날

하루 일과나 비용을 간단하게라도 기록했다. 블로그를 시작한 후로는 블로그에 기록을 남긴다. 길게 일기를 적지 못하는 날에는 그날 찍은 사진 중 마음에 드는 사진을 날짜별로 정리를 해둔다. 블로그에 올려둔 사진을 보다보면 그날의 기억이 자연스레 떠오른다.

비단 여행기만 블로그에 남기는 것이 아니다. 블로그를 처음 시작했을 때는 수업후기를 남기거나 특별한 이벤트만 기록했다. 지금은 그날의 일상을 기록한다. 출근하면서 찍은 내 모습, 마주한 풍경, 점심 시간 산책하면서 발견한 꽃, 새로 한 페디큐어 등 소소한 일상을 기록으로 남긴다.

진정한 여행이란 새로운 풍경을 보는 것이 아니라 새로운 눈을 가지는 것이다.

– 마르셀 프루스트

예전에는 그냥 지나쳤던 것들도 새삼스럽게 내 눈에 들어올 때가 있다. 내가 살고 있는 바운더리를 꼭 떠나야 여행인 것은 아니다. 일상에서 새로움을 발견하는 것도 여행이다. 그런 발견을 하기 위해서는 기록이 중요하다. 아무리 사소한 것이라도 매일 매일 적는 연습이 필요하다. 한 줄이라도 적으면 꼬리에 꼬리를 물고

적을 것이 생겨난다.

'행복은 강도가 아니라 빈도다'라고 말하는데요, 여행의 즐거움도 마찬가지입니다. 더 센 것보다 소소하게 더 자주 누리는 즐거움이 좋아요. 아니, 아예 하루하루의 일상을 여행으로 즐겨보면 어떨까요?

－김민식(2019), 〈내 모든 습관은 여행에서 만들어졌다〉, 48쪽

하루하루의 일상을 여행으로 즐기기. 행복해 지기 위해 이보다 더 쉬운 방법이 어디 있을까.

03_ 기억을 믿지 말고 손을 믿어라
기록하지 않는 여행은 희미한 기억으로 남을 뿐

순간의 기록은 나만의 역사가 된다. 우리가 기록을 하는 것은 누구에게 보여주기 위함이 아니다. 나 자신을 위한 것이다. 내가 쓴 글의 첫 번째 독자는 나 자신이다. 미래의 나를 위해 지금 쓴다. 기록으로 남겨두지 않았으면 까맣게 잊힐 기억들을 기록을 통해 소환할 수 있다. 단 한 장의 사진, 한 줄의 메모로 우리는 추억 속으로 여행을 떠나게 되기도 한다.

2015년 8월 15일의 일기

2박 3일간 깊은 산속 옹달샘 명상센터에서의 힐링 캠프를 마치고 돌아왔다. 우석이에게 선물하려고 고도원님의 '꿈 너머 꿈' 이라는 책에 작가 친필 사인도 받고 기념사진 촬영도 하고 왔다. 개학 직전에 잡힌 일정이라 심적 부담도 있었지만 막상 그 곳에서 나에게 집중하는 시간을 갖고 나니 정말 힐링이 되는 느낌이다. 3일 동안 식구들 챙길 걱정 없이 남이 정성스레 차려준 밥상 대접받고, 명상, 요가, 산책 등을 통해 내 몸에 힘을 빼고 무엇보다 처음으로 내가 나 자신을 안아주며 '미안해, 고마워, 사랑해, 축복해'를 소리내어 말하며 흘린 뜨거운 눈물을 잊을 수 없을 것이다.

2박 3일 동안의 프로그램 속에서 나를 비우며 세상에서 가장 소중한 존재인 나 자신을 보다 사랑하고, 나 자신이 소중한 만큼 내 가족과 학생들, 나를 둘러싼 모든 이들을 존중해야겠다고 느꼈다. 내가 받은 모든 프로그램이 너무 좋아 학생들에게도 꼭 적용시켜 보고 싶다는 직업병이 발동하기도 한다. 학교로 돌아가 학생들에게도 자아 존중 교육, 꿈 세우기 교육, 꿈 너머 꿈 교육을 꼭 해야겠다는 다짐을 하게 되었다.

그렇다면 나의 꿈 너머 꿈은 무엇일까? 아마도 좋은 선생님이 되는 것, 학생들에게 좋은 영향을 끼치는 선생님이 되는 것이 아닐까. 나로 인해 단 한 명의 아이라도 변화되고 그 아이에게 행복한 인생을 살아갈 수 있는 방향성을 제시하는 나침반이 된다면 그것이 바로 선생으로서의 보람이 아닐까 한다.

앞으로는 좀 더 많이 웃고, 내가 주변 사람들에게 행복 바이러스를 전달해야지. '긍정성, 호감 존중, 인정의 관계 달인법칙'도 기억해야지.

하루에 3-4명에게 칭찬거리 찾아 표현해야지. '비난, 방어, 경멸, 담쌓기'는 관계 폭탄이 되는 지름길임을 기억해야지. 가족에게 따뜻한 말 표현 자주해야지. 교사로서 학생들 앞에 무너지지 않고 꿋꿋하게 서서 두려움을 용기로 극복해야지.

페이스북에서 몇 년 전, 내가 쓴 글이 리마인드 되었다. 페이스북이 나에게 전해준 귀한 선물이다. 이 글을 우연히 발견하고 얼마나 반가웠는지 모른다. 5년 전 나와 지금의 나를 비교해보니 당시 다짐대로 살기 위해 내가 얼마나 노력했는지 얼마나 발전했는지 알 수 있어 기뻤다. 지금의 나는 2015년에 비해 훨씬 여유 있고 미소가 가득해졌다. 아마도 책읽기와 글쓰기를 게을리 하지 않았기 때문이리라. 역시 기록하길 잘했다. 예전 기록을 읽다보면 '내가 꽤 괜찮은 생각을 하고 살았군.' 스스로 뿌듯할 때가 있다. 목표한 대로 살고 있지 못해 아쉬운 부분도 물론 있지만 적어도 제대로 살아야지 고민을 하며 살아가는 나를 스스로 응원하게 된다.

나는 물건을 잘 버리지 못한다. 학교에도 집에도 여기저기 짐이 쌓여 있다. 물건을 잘 버리지 못하는 이유 중 하나는 물건에 추억이 쌓여 있기 때문이다. 특히 학생들에게 받은 손 편지나 아이들의 정보가 담겨 있는 교무수첩 등은 선뜻 버리기가 어렵다. 거의

20년이 다 되어 가는 교무수첩도 아직 가지고 있다. 몇 년 전에 쓰던 작은 수첩들도 책상 서랍, 책장에 쌓여있다. 한 번씩 예전에 썼던 수첩이나 수업 아이디어 노트 등을 보면 '아, 내가 이때 이런 생각을 하고 있었구나. 나름 앞서가는 생각을 했었구나. 내가 이런 훌륭한 생각을 했었다니.' 하고 감탄할 때가 있다. 반가운 마음에 사진을 찍어둔다. 잊지 않기 위해서이다. 사진을 정리해서 블로그에 올린다. 잊지 않기 위해서이다. 기억하기 위해 기록을 해두지만 다시 꺼내보지 않으면 그 기록은 아무 쓸모가 없다. 수시로 꺼내 볼 장치를 마련해야 한다. 내가 쓴 메모를, 기록을 다시 꺼내 볼 장치가 바로 글쓰기다. 메모를 통해 기억의 실마리를 만들고 다시 기억하기 위해 또 글을 쓴다. 그냥 기록해두기만 한다고 해서 모두 다 좋은 자료가 되는 것은 아니다. 주기적으로 꺼내보면서 내 것으로 다시 정리를 해야 진정한 기록의 의미가 있다. 지금 이 글을 쓰는 과정이 내가 남긴 기록을 재구성하고 의미를 부여하는 시간이다.

기억을 믿지 말고 손을 믿어 부지런히 메모하라. 메모는 생각의 실마리, 메모가 있어야 기억이 복원된다. 습관처럼 적고 본능으로 기록하라.

− 다산 정약용

04_ 기억을 저장하라

때로는 수첩에 손 글씨로, 때로는 블로그에, 때로는 휴대폰 메모장에 그렇게 모아둔 추억들이 많다. 한동안 다이어리를 열심히 쓴 적이 있다. 새해가 되면 예쁜 다이어리를 고르는 것이 하나의 행사일 때도 있었다. 새벽에 일어나 책상 앞에 앉아서 감사 일기장이나 노트에 떠오르는 생각들을 기록한다. 해야 할 일, 하고 싶은 일을 기록해 두었다가 일정 시간이 지난 뒤, 확인해 보면 대부분이 이루어진 것을 알 수 있다. 머릿속으로 생각만 하는 것과 종이에 적고 그것이 이루어진 것을 눈으로 확인하는 것은 확연히 다르다. 성취감이 확 느껴진다.

나는 수시로 메모를 한다. 때로는 친구와 주고받은 카톡 대화를 모아 블로그에 글을 올릴 때도 있다. 자세를 잡고 글을 써야지 하는 순간보다 친구와 나눈 대화에서 내 솔직한 감정이 드러나고 생각이 정리된다는 느낌을 받을 때가 있다. 그런 감정과 생각들을 포스트잇에 기록하듯이 카톡에 남긴다. 누군가에게 하기 힘든 이야기는 나에게 남긴다. 짧게라도 남긴 메모가 훗날 멋진 기록으로 연결되기도 한다.

스마트폰 사용이 익숙해지면서 메모할 때 수첩 대신 스마트폰 앱을 주로 사용한다. 따로 수첩이나 다이어리를 들고 다닐 필요 없이 스마트폰만 꺼내서 앱을 실행하면 되니 편리하고 좋다. 내가 주로 사용하는 메모앱은 '구글킵'이다. 구글킵은 간단한 메모와 목록을 작성할 때 좋다. 지하철이나 버스 안에서 갑자기 아이디어가 떠오를 때 비좁고 흔들리는 차 안에서 종이를 꺼내 펜으로 메모하기는 어렵다. 이럴 때 구글킵이 편리하다. 다른 구글 도구들도 있지만 앱을 실행시키는데 시간이 걸리고 타이핑하고 스크롤하고 저장하는데도 시간이 걸린다. 하지만 구글킵은 메모를 작성하는 데 복잡한 조작이 필요 없다. 실행하고 메모할 내용을 바로 입력하기만 하면 된다. 저장도 자동으로 된다. 구글 아이디로 한번만 로그인하면 다시 로그인 하지 않아도 된다. 게다가 PC와 호환이 되기 때문에 메모 내용이 필요할 때 쉽게 편집해서 사용할 수도 있다.

일상의 기록은 글로만 가능한 것이 아니다. 특히 사진도 훌륭한 기록의 도구가 될 수 있다. 나는 사진 찍기를 좋아해 어릴 적 아이의 사진을 모아서 육아 일기책을 몇 권 펴내기도 했다.

내가 쓴 육아 일기책 1

내가 쓴 육아 일기책 2

내가 쓴 육아 일기책 3

"선생님, 휴대폰에 사진이 몇 장 있을지 궁금해요. 사진 찍는 거 진짜 좋아하는 것 같아요."

"음, 몇 천 장쯤 되는 것 같아요."

"선생님 지금 하늘 사진 왜 찍은 거예요?"

"그냥 예뻐서 찍었어요."

많이 찍는다고 사진을 잘 찍는 것은 아니지만 일상의 기록을 남긴다는 데 의미가 있다. 사진을 많이 찍기만 한다고 다 좋은 것은 아니다. 카메라나 휴대폰에 그냥 담겨 있는 사진은 큰 의미가 없다. 사진이 제대로 된 기록이 되려면 정리하는 과정이 있어야 한다. 나는 찍은 사진 중, 마음에 드는 사진들을 매일 몇 장씩 블로그에 올리고 짧게라도 설명을 적어 놓는다. 이렇게 짧게라도 기록을 해두면 나중에 기억을 떠올리기가 쉽다. 몇 년, 몇 월, 며칠에 내가 무슨 생각을 하고 있었는지 파악할 수 있는 나만의 스토리가 된다.

기록을 하기 위해서는 관찰을 해야 한다. 글 쓰는 사람들은 다른 이들에 비해 일상에 의미를 부여하고 관찰하는 능력이 뛰어나다고 한다. 무언가를 쓰기 위해서는 관찰이 필수이다. 주변 사물을 관찰할 수도 있고, 내 생각의 흐름, 마음상태를 관찰할 수도 있다. 실제로 글을 쓰면 쓸수록 쓸거리가 많아지는 경험을 한다. 예전에는 해외여행을 간다거나, 가족과 여행을 다녀오거나, 특별한 이벤트가 있을 때만 기록을 남겼다. 하지만 요즘에는 하루에 일어나는 소소한 일들이 모두 내 글쓰기의 소재가 된다. 아침에 일찍 일어나 커피를 마시며, 음악을 들으며, 책을 읽으면서 떠오른 생각들을 기록한다. 메모, 사진, 음성 등 다양한 방법으로 남긴다. 또한 매일 아침 출근 룩을 셀카로 남기기도 하는데 셀카를 찍기 시작하면서 나 자신을 더 사랑하게 되는 경험을 하게 되었다. 화가 나거나, 고마운 일이 있을 때도 쓸거리가 생긴다. 내 감정의 흐름을 잘 따라가다 보면 쓸거리가 생긴다. 소소하게 일상에서 일어나는 모든 것이 기록의 대상이 된다. 글쓰기를 생활화 하면서 생긴 변화이다. 다른 작가님들의 이야기를 들어봐도 비슷하다. 다음은 강원국 작가님이 추천한 기록 방법이다.

보이는 대로 묘사하면 된다. 보이는 것 그 안으로 들어가 그 사람의 심정, 처지, 사정을 헤아려 쓰거나, 보이는 현상의 이유, 원인, 전망을 찾아 쓰면 된다. 관심을 갖고 잘 보면 쓸 수 있다. 글은 글을 쓰는 시간에 쓰면 잘 안 써진다. 버스를 타고 이동하거나 카페에서 사람을 기다리는 동안에 써보라. 그렇게 쓴 메모로 글을 완성해보자. 나는 자투리 시간에 잘 써진다. 글을 써야겠다고 정색하고 노트북 앞에 앉는 때보다는.

－〈강원국의 글쓰기 칼럼〉 중에서

기록은 관찰을 부른다고 했다. 일상을 기록하겠다는 의도가 있으면 특별한 순간이 더 자주 눈에 들어온다. 글이나 사진으로 남기고 싶은 순간을 더 자주 만나게 된다. 관찰하는 눈이 없으면 그냥 스쳐지나 보냈을 소중한 순간을 더 이상 놓치지 않게 된다. 결과적으로, 일상을 기록하는 사람에게는 행복한 순간의 기억이 더 많아지게 된다. 기록은 그 과정 자체가 행복을 배가 해주는 효과가 있다. 행복했던 순간을 글로 옮기면서 그 때의 느낌을 다시 한 번 느낄 수 있기 때문이다. 기록한 것을 나중에 다시 보면 또 한 번 행복했던 순간이 살아난다. 일상의 순간을 메모하고, 사진을 찍고, 글로 옮기면서, 나는 행복함을 느낀다. 일상의 순

간을 간단히 메모하고 사진으로 남기기만 해도 충만한 삶을 살
수 있다.

〈직접 작성한 노트 예시〉

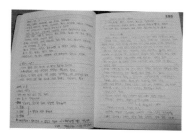 

05_ 기억으로 추억 낚기

 오늘도 블로그에서 추억 하나를 낚아 올렸다.

2019년 1월 26일 블로그에 작성한 글

"야~~ 국물이 끝내 준다. 이 집 국수 너무 맛있다. 다음에 또 오고 싶다."

"바다 보며 멍 때리기를 많이 못했어."

"우리 앞으로 1년마다 한 번씩 제주도 오자."

신규 임용 첫 발령지는 지역에서는 규모가 꽤 큰 학교에 속했다. 초임 교사 발령이 흔치 않은 학교였지만, 그 해에는 예외적으로 나를 포함하여 총 다섯 명의 신규교사가 발령을 받았다. 학생들과의 주도권 싸움으로 힘들던 그 시기, 발령 동기 선생님들끼리 모여서 '우리 어떻게 하면 아이들에게 무섭다는 소리를 들을 수 있을까? 어떻게 하면 아이들이 우리말을 잘 듣게 할 수 있을까?' 라는 고민을 자주 나누곤 했다. 학교에서 겪은 어려움을 함께 나누며 자연스레 친해지고 서로 의지하며 지냈다. 마치 대학교 동기들처럼. 아이 엄마가 된 지금까지도 친한 친구로 지낸다.

이 친구들과 제주도 여행을 떠났다. 1년에 몇 번씩은 얼굴을 보며 지내기는 하지만, 신규 시절처럼 따로 시간을 내어 1박 이상 여행을 간 것은 결혼 후 처음이다. 이제 아이들도 어느 정도 컸으니 남편과 애들은 떼놓고 우리 5명만 뭉쳤다. 개인적으로 제주도 여행은 이번이 3번째다. 대학교 동기들과 한 번, 시댁 가족들과 한 번 간 적이 있다. 이번 여행이 가장 좋았던 것은, 친구들과 오붓하게 떠난 여행이기도 하고, 가족들과 함께였으면 감히 엄두를 내지 못했을 맛집 방문과 빡빡한 스케줄을 소화함과 동시에 여유도 즐길 수 있었던 여행이어서이다. 무엇보다 밤샘 수다와 아이에게 치이지 않고 편하게 잘 수 있었던 것이 우리들이 이 여행을 좋다고 하는 가장 큰 요인이 아닐까 한다.

"나도 이제 내가 좋아하는 새우튀김 한 번 먹어보자. 이제까지 애들한테 양보만 했어. 나도 새우튀김 좋아하는데..."
'수' 우동에서 새우튀김을 시킨 후, 영진이가 한 말에 10대 소녀들처럼 다 같이 깔깔 웃었다. '나도 나도' 라며 이 말에 다들 공감했기 때문이다. 이번 여행은 이제까지 아내로 엄마로 살아오느라 고생한 우리들에게 주는 작은 선물이었다. 맛집과 좋은 풍경 보면서 '우리 애도 왔으면 좋아했을 텐데, 다음엔 아이랑 같이 와야지' 하는 생각이 드는 것을 보면 역시, 모성본능은 속이지 못한다. 조만간 가족들과도 다시 제주도를 찾게 되지 않을까 싶다.

블로그 글을 읽다보니 여행에서의 기억이 하나 둘 떠오른다. 3일 간 나름 맛집을 찾아다녔다. 셋째 날 아침을 먹기 위해 멤버 중 두 명이 새벽에 나가 예약 리스트에 두 번째로 이름을 올려놓은 덕 분에 11시 오픈 첫 타임에 가서 먹을 수 있었다. 바다가 보이는 창 가에 앉아 아침을 먹었다. 우리 차례가 될 때까지 밖에서 기다리 며 '나 혼자 산다' 에 나온 유명한 식당에서 아침을 먹을 수 있다는 기쁨과, 식당 주변 풍경에 취했다. 음식 또한 특이하고 맛있었다. 지금 생각해보면 그 식당 음식이 특별히 맛있었던 것도 있지만 그곳 분위기와 향기에 취했던 것 같다. 사실 전날 잠들기 전까지, 다음 날 그곳을 가야할지 말아야 할지로 멤버들끼리 의견 일치가 되지 않았다. 막상 새벽에 일찍 일어나 예약을 하고 온 친구 덕에 다들 즐거운 시간을 보낼 수 있었다. 미리 계획을 하나도 세우지 않고 갔는데도 엄청나게 잘 돌아다녔다. 어쩌면 꼭 여기 가야된 다, 이것은 해야한다 등 짜여 진 스케줄이 없었기 때문에 자유롭 게 잘 돌아다녔는지도 모르겠다. 가족들과 함께 다닐 땐 새벽에 일어나 맛집을 찾아간다는 건 상상하기 힘들다. 그 시간에 아이를 깨워 일어나는 것도 불가능할뿐더러 줄을 길게 서서 기다리는 걸 좋아 할리 없기 때문이다. 그런데 친구들끼리 여행을 가니 우리가 가고 싶은 곳에 마음대로 가고, 먹고 싶은 것을 마음대로 먹을 수 있어서 좋았다.

둘째 날 저녁, 하루 종일 여기저기 다니다 보니 저녁 시간이 애매해졌다. 미리 알아둔 맛집을 찾아가려다가 숙소에서 멀지 않은 곳으로 갔다. 제주도 시내는 가게들이 자정까지 혹은 24시간 운영하는 곳도 있다고 했지만, 우리 숙소 주변은 8시가 되니 문을 닫은 곳이 많았다. 먹을 만한 곳을 이리저리 찾아다니다가 우연히 발견한 칼국숫집. 우리는 해물칼국수와 제주도에서 꼭 먹어봐야 한다는 보말칼국수를 시켰다. 그 집의 해물칼국수 국물 맛은 일품이었다. 3일간 맛집 몇 군데를 찾아다니긴 했지만, 그날 먹은 해물칼국수가 3일간 먹은 음식 중에 제일 맛있었다. 식당을 찾아 헤매느라 배가 고파서 그랬는지, 큰 기대 없이 먹었는데 기대 이상의 맛이라 그랬는지는 몰라도 친구들 모두 그 집의 시원한 국물을 또 한 번 먹고 싶다고 했다. 벼르고 별러서 찾아간 맛집도 맛있지만, 우연히 발견한 식당들이 더 맛있는 경우도 있다. 우리 삶도 이와 비슷하다. 기대하지 않던 순간, 장소에서 의외의 기쁨을 발견하게 된다. 오늘 내가 블로그에서 추억을 낚아 올린 것처럼 일상 곳곳에서 행복을 낚을 수 있다.

06_ 여행의 즐거움을 극대화 하는 방법

여행을 떠나기 전에는 준비하는 동안의 설렘을 누리고, 여행하는 순간에는 현재를 즐기고, 다녀와서는 기록을 통해 오래도록 여행의 추억을 즐기는 것, 그것이 여행의 즐거움을 극대화하는 방법 아닐까요?

−김민식(2019), 〈내 모든 습관은 여행에서 만들어졌다〉, 75쪽

내 생각과 딱 들어맞는 표현이다. 내가 인식하지는 못했지만 실천하고 있는 여행 방법이다. 여행을 가기 전, 관련 자료를 찾거나 영화 등을 보며 여행에 대한 기대를 높인다. 여행을 다니는 동안 눈에 담고, 사진에 담고 메모를 남긴다. 그리고 여행을 다녀와서 기억이 잊히기 전에 기록을 남긴다. 블로그에 남긴 글들을 보면서 예전 추억을 떠올릴 때가 많다. 당시에는 고생이라 여겨졌던

시간도 지나고 나면 다 소중한 추억으로 남아 있다.

2016년 8월 5일 아들과 단둘이 KTX를 타고 서울로 향했다. 우리들은 숙소에 도착해서 짐을 던져 놓고 점심을 먹으러 나갔다. 허기가 져서 맛집을 찾으러 다닐 엄두가 안 났다. 마침 숙소 바로 앞에 TV프로그램 '수요미식회'에 소개되었다는 식당이 보였다. 들어가고 보니 청국장과 제육볶음 전문점이었다. 제육볶음이 매울 텐데 괜히 여기 들어왔나 싶었는데 아이가 생각보다 잘 먹었다. 여행 내내 아이가 어찌나 잘 먹는지 두 명이서 매끼마다 3인분을 시켜서 먹었다. 아이가 작고 약하게 태어나기도 했고, 입이 짧아서 집에서는 늘 밥을 먹이는 스트레스가 받았다. 아이를 따라다니면서 먹이는 게 여간 힘든 게 아니었다. 밖에 나오니 많이 걸어서 그런지 아이는 평소보다 잘 먹었다. 아이가 잘 먹으니 남편에게 여행을 자주 다니자고 할 명분이 생겨 내심 좋았다.

역사를 좋아하는 아이를 위해 창덕궁 후원 투어를 미리 신청해두었다. 우리는 숙소에서 창덕궁까지 거리가 멀지 않아 걷기로 했다. 창덕궁 가는 길에 우연히 발견한 운현궁과 일본문화원에 들렀다. 일본문화원에서는 마침 일본체험 프로그램을 운영하고 있었다. 일본 전통의상과 신발을 신고, 잠시 '물풍선 낚기' 활동을 체험했다. 소원을 써서 나무에 매다는 코너도 있었다. 엄마한테는 절대 보여주지 않을 거라며 몰래 쓴 아이의 소원은 바로 '방학 숙제 잘 하게 해주세요.' 였다. 하하. 그날밤 잠들기 전, "아들, 오늘 뭐가 제일 재미있었어?"라고 물었을 때 "일본 문화체험이 제일 재미있었어."라고 말할 정도로 아이가 참 좋아했다. 미리 계획을 세우고 간 곳도 아니었는데 아이가 이리 좋아하다니 나는 기분이 더 좋았다. 아이들은 역시 직접 체험하는 것을 좋아하나 보다.

"창덕궁은 언제 지어졌을까요?"
"1405년. 태종 때요."
"와! 꼬마야, 너 엄청 똑똑하구나."

역사에 관심이 많고 연도를 곧잘 외우던 아이는 창덕궁 후원 투어 중에 가이드가 낸 문제를 척척 맞혀서 주위 어른들의 칭찬을 듬뿍 받았다. 후원 투어는 좋기는 했지만, 너무 더워서 등줄기로 땀이 줄줄 흘렀다. 밥값보다 음료숫값이 더 많이 나간 날이었다. 대구의 더운 날씨를 비유해 '대프리카'라고 하는데 서울 날씨도 만만치 않았다. 이날 '서프리카' 체험을 제대로 했다.

남편 없이 아이와 단둘이 여행을 떠난 것은 처음이어서 긴장을 많이 했는데 첫째 날 일정을 무사히 마치고 나니 뿌듯했다. 나에겐 정말 큰 용기가 필요한 일이었다. 워낙 길치인 나는 평소에는 늘 남편 뒤를 따르기만 했다. 원래 세 식구가 같이 가려고 숙소까지 예약해 둔 상태였는데, 직장 일로 남편이 가지 못하게 되었다. 여행을 취소해야 하나 망설였지만, 남편 없는 여행에 한번 도전해보고 싶었다.

바쁘다는 핑계로 집에 있을 때는 컴퓨터나 스마트폰을 들여다볼 때가 많았는데, 여행을 하면서는 아들한테만 집중할 수 있어서 좋았다. 아이가 가고싶어 하는 곳 위주로 다니면서 둘이서 맛난 것도 많이 먹고, 이야기도 나누며, 아들한테 애정 표현을 많이 했다. 아이가 원하는 것을 해주고 싶어서 캄캄한 밤에 몰래 손전등을 켜 놓고 스케줄 짜고, 동선을 몇 번이고 확인했다. 나 혼자 다닐 때야 좀 헤매더라도 어찌 찾아가면 되겠지만, 아이와 함께 더운 여름날 다니다 보니 혹시 헤매기라도 하면 애가 너무 힘들까봐 걱정이 되었다. 평소에는 길 찾기, 짐 옮기기를 남편이 해주었는데, 문득 남편이 보고 싶어졌다. 한편으론 남편에게서 독립한 느낌이 들기도 했다. 남편이 나보다 다섯 살 많아 평소에 남편에게 많이 의지하는 편이었는데, 아들과의 여행을 무사히 마친 후 자립심이 생겼다. 대학시절 다녀온 유럽여행에서 느꼈던 감정과 비슷했다.

서울 여행 첫째 날은 3인 기준으로 예약했던 숙소를 아들과 둘이

지낼만한 곳으로 변경하기 위해 휴대폰과 씨름해야 했다. 첫날 숙소는 그나마 저렴한 곳으로 예약을 해서 취소하지 않고 그냥 지내기로 했다. 하지만 마지막 날 숙소의 경우, 한 번은 좋은 곳에서 잔다고 꽤 비싼 호텔로 예약을 했다. 둘이서 너무 좋은 곳에서 지내는 게 양심에 찔려서 2인실 저렴한 호텔로 다시 예약했다. 그런데 지하철역 근처로 방을 잡았어야 했는데 금액만 생각하고 예약을 했더니 그 더운 여름에 캐리어를 끌고 10분 이상을 걸어야만 했다. 아이는 덥다고 짜증을 내고, 나 역시 힘들어서 짜증이 났다. 다시 숙소 알아보고 예약 하느라 허비한 시간과 숙소를 찾아가느라 고생한 시간이 참 어리석게 느껴졌다. 그냥 맘 편히 지내면 될 텐데 아무도 뭐라 하지 않는데 내가 사서 고생을 했다 싶었다. 상황을 악화시키는 건 나 자신이라는 생각이 들었다. 아무도 나한테 이래라저래라 하지 않는 상황에서 스스로 세운 자기 검열에 의해, 주변의 시선에 의해, 긴장을 늦추지 못하고 사서 고생하는 상황을 만들게 되었다. 결국 남이 아닌 나로 인해, 나의 생각이나 고집 때문에 모든 상황이 악화될 수 있다는 것을 깨달았다.

나 자신이 행복해야 내 주변 사람들도 행복해 질 수 있다. 내가 먹고 싶은 것, 보고 싶은 곳, 가고 싶은 곳에 가야 내 마음이 편하고. 내 마음이 편해야 주변 사람들을 챙길 여유도 생긴다. 아들과 단

둘이 떠났던 여행, 아들에게 좋은 추억을 선물하기도 했지만 나 자신을 돌아볼 수 있는 좋은 기회이기도 했다. 아이가 쑥쑥 자라기 위해 여행이 필요하듯이 내 마음이 자라기 위해서도 여행은 꼭 필요하다. 여행을 통해 좀 더 단단해지고 제대로 설 수 있게 되니까.

07_나만의 여행 사전

−여행(旅行)

[명사] 일이나 유람을 목적으로 다른 고장이나 외국에 가는 일.

[유의어] 경섭, 유람2, 정행2

−경섭

1.여러 곳을 두루 거쳐 지나감.

2.여러 가지 일을 겪어 냄.

−유람

1.돌아다니며 구경함.

네이버 사전에서 '여행'이라는 단어를 검색해 봤다. 유의어의 뜻까지 조합해 보니, '여러 곳을 두루 거쳐 지나가면서 여러 가지 일을 겪어 낸다.'로 정리가 된다. 단순히 다른 고장이나 외국에 가서 돌아다니며 구경하는 것으로 끝나는 것이 아니라, 그 과정에서 여러 가지 일을 겪어내면서 인간은 성장한다. 나는 성장에 여행의 진정한 의미가 있다고 생각한다. 인생을 여행에 비유하는 것도 다 그런 이유에서가 아닐까. 나에게 '여행' 하면 떠오르는 상황들을 정리해 보면서 나만의 여행 사전을 만들어 보았다

여행은... 현실을 떠나는 것

현실을 떠난다는 자체가, 바쁜 업무와 일상에서 잠시나마 벗어날 수 있다는 것 자체가 여행의 큰 매력 중 하나이다. 비행기를 타고 해외여행을 가지 않더라도 가까운 공원에만 가도 분위기는 확 달라진다. 어디 먼 곳으로 떠나지 않더라도 베란다 카페에서도 삶의 여유를 즐길 수 있다. 빡빡한 현실에서 잠시 벗어날 수 있다. 비단 물리적인 공간을 벗어나는 것뿐만 아니라, 책을 통해서도 우리는 여행을 떠날 수 있다. 책을 통해 진정한 나와 만날 수 있는 여정을 떠나게 된다.

여행은... 실컷 걸어 다니는 것

나와 남편은 리조트에 느긋하게 휴식을 취하는 여행을 즐기는 편이 아니라, 주로 유적지를 찾아다니는 여행을 좋아한다. 신혼여행 때도 그랬다. 이른 아침부터 밤늦게 숙소에 도착할 때까지 하

루 종일 돌아다녔다. 아이와 함께 다닌 여행도 마찬가지이다. 어떤 여행지이든 현지에서 많이 걸을 수밖에 없다. 덕분에 잘 먹고, 잘 자게 된다. 그래서 여행을 하면 건강해진다.

여행은... 가족과의 시간을 갖는 것

주말에 집에 있더라도 온전히 가족에게 집중하기보다는 집안일, 학교에서 못다 한 일이나 강의 준비 등을 하게 되는 경우가 많다. 여행을 떠나게 되면 일단 일에서 벗어나, 오로지 가족에게만 집중할 수 있다. 아이와 손 잡고 걷고, 맛있는 음식을 함께 먹고, 같은 곳을 바라보고, 함께 뒹굴고 그리고 웃을 수 있어서 자주 여행이 가고 싶어진다.

여행은... 그 순간에 몰입하는 것

현실을 떠나, 집안일, 학교일 다 잊어버리고 여행지에서 오로지 살아남는 것에만 집중한다. 과거에 대한 후회, 먼 미래에 대한 계획이 아닌 내 눈앞에 주어진 상황에 집중하게 된다. 다음 행선지까지 무사히 찾아가기, 음식 주문하기 등 순간순간 살아남는 것에만 신경을 쓴다. 어렵게 찾아간 여행지에서 하나라도 놓칠세라 매 순간을 카메라에 담고 눈에 담는다. 나는 파도소리, 새소리에 귀 기울이고, 바다냄새, 풀냄새를 맡으며, 오감을 모두 사용하여 여행지의 모든 상황을 관찰한다. 비단 여행지에서뿐만 아니라,

우리의 일상생활에서도 이렇게 오감을 다 사용해서 주변 사물을 관찰한다면, 많은 깨달음을 얻을 수 있을 것이다. 흔히들 우리 인생을 여행에 비유하는데, 매일매일을 여행한다는 생각으로 살아간다면 사소한 것 하나라도 더 관찰하게 되고 훨씬 더 많은 것을 깨닫고 얻을 수 있을 것이다.

여행을 가면 언제 다시 여길 올 수 있을까라는 아쉬운 마음에 하루도 빠짐없이 일기를 쓰게 된다. '기억이라는 것도 관심에서 나오는 것이 아닐까.' 문득 이런 생각이 든다. 기록을 하려면 관찰을 하게 되고 세심하게 살피게 된다. '지금 아니면 언제' 라는 절실함과 관심에서 기록이 시작된다. 그런 기록이 결국 기억으로 이어진다. 누구나 관심을 가지고 기록을 하게 되면 좋았던 기억이 행복이 되어 돌아올 것이다.

여행은... 새로운 경험을 하는 것
처음 가보는 나라, 도시, 그곳에서 경험하는 문화, 여행지에서 만난 모든 것은 새롭고 신기하다. 우리가 여행을 떠나는 이유 중 하나도 바로 새로운 것을 경험하고 싶어서일 것이다. '아, 중국 사람들은 이래서 차를 많이 마시는구나, 중국은 진짜 땅이 넓구나, 인도 사람들은 참 잘 웃고 친절하구나.' 라는 것을 직접 걸어보고 관찰하면서 알 수 있다. 체험을 통해 알게 된다. 이런 새로운 경험을 통해 인간은 성장하게 된다.

여행은... 사람을 만나는 것
여행지에서 만나는 모든 사람들과 친구가 되는 것은 아니지만, 기차 안에서, 비행기 안에서, 길거리에서 마주하는 사람들과의 짧은 대화나 눈맞춤은 많은 것을 깨닫게 한다. 사람들을 단지 관찰하는 것만으로도 견문이 넓어진다. '사람책'이라는 말처럼 사람을 만나서 이야기를 나누는 자체만으로도 책 몇 권을 읽는 효과가 있다.

여행은... 혼자만의 시간을 갖는 것
가끔씩 혼자 KTX를 타고 서울로 출장을 갈 때가 있다. 기차 안에서 나 혼자 보내는 그 시간이 내게는 일이 아닌 여행이 된다. 일이 아니라 여행을 떠난다고 생각하면 설레기까지 한다. 그곳에서 만날 사람들의 얼굴을 떠올리면 더욱 더 그렇다. '오늘은 기차 안에서 무엇을 할까, 책을 읽을까, 음악을 들을까, 창밖 경치를 구경할까?' 이런저런 계획을 세우기도 한다. 어릴 때는 혼자 어디 멀리 간다는 것은 상상도 못했다. 타고난 길치에 겁이 많아서였다. 혼자 밥 먹을 때는 외톨이 같아서 괜히 눈물이 나려고 한 적도 있다. 그런 내가 언젠가부터 혼자 보는 영화, 혼자 먹는 밥, 혼자 떠나는 기차 여행이 참 기다려지고 즐겁다.

여행은... 준비하는 것

나는 영화를 영화관에 직접 가서 보는 것을 즐겼다. 요즘은 문화가 많이 달라졌지만, 예전에는 친구와 약속을 잡고, 친구를 기다리고, 영화 시작 전 영화 포스터를 뽑아 보고, 팝콘과 음료수를 사먹고, 영화를 보고 나서 밥을 먹고 차를 마시고, 영화에 대한 이야기를 나누는 그 모든 과정이 하나의 의식이었다. 여행도 마찬가지이다. 갑자기 준비 없이 떠나는 여행도 있지만, 여행을 떠나기로 결정하기까지의 과정과 여행을 준비하는 과정에서의 설렘이 여행지에서 느끼는 설렘 못지않게 크다. 사실 여행은 준비할 때가 가장 즐겁다.

여행은... 진정한 나를 발견하는 것

여행지에서 종종 나의 민낯을 만날 때가 있다. '아, 나에게 이런 면이 있었나?' 하고 스스로 당황할 때가 있다. 때로는 너무 소심한 모습을 보여서 때로는 너무 과감한 모습을 보여서. 소심한 나도 과감한 나도 결국은 다 내 모습이다. 내면에 잠재되어 있는 다양한 나의 모습을 발견하게 되는 과정이 여행이다.

여행은... 내 삶을 풍요롭게 하는 것

일상의 소중함을 느끼는 요즘 '행복은 강도가 아니라 빈도' 라는 말이 절실히 와 닿는다. 아무리 예전에 좋았던 기억이 있다고 해도 지금 나에게 주어진 상황이 만족스럽지 못하다면, 아무리 행복했던 기억이 많아도 무슨 소용일까. 오늘 배불리 먹었다고 내일 굶어도 되는 게 아니듯이, 오늘 많이 기뻤으니 내일은 슬퍼도 되는 건 아닐 것이다. 벼르고 별러서 떠난 여행의 즐거웠던 기억으로 1년을 버티는 직장인들도 많다고 하지만, 진정 행복한 삶을 살기 위해서는 매일 일상 속에서 나에게 행복감을 주는 요소들을 찾아내어 스스로에게 만족감을 주는 상황을 만들어내야 한다.

여행에서 돌아오면 언제 내가 그곳에 있었나 하고 꿈만 같이 여겨질 때가 많다. 언제 갔다왔나 싶을 정도로 다시 현실로 돌아와 쌓여있는 일들을 처리하느라 헉헉거린 적도 있지만, 여행이 꿈이라면 이왕 꾸는 꿈, 매일 꾸는 것이 더 좋지 않겠는가! 1년에 한 번 혹은 10년에 한 번 몰아서 길게 떠나는 여행도 좋겠지만, 가까운 곳부터 자주 여행을 가면 더 좋지 않을까라는 생각을 하게 된다. 꼭 비행기를 타고 해외로 나가야 제대로 된 여행이라는 생각을 버리자. 매일 하루 30분씩 공원으로 나가 걷기만 해도 멋진 꿈을 꿀 수 있다. 매일 15분씩 책 읽기를 통해 시공간을 초월한 여행을 할 수 있다.

커피 한 잔의 여유, 아이와 뒹굴 거리기, 친구와의 수다, 책 속에서 만난 좋은 글귀, 산책, 사진 찍기, 블로그에 글쓰기 등 일상 속에서 나에게 만족감을 주는 요소를 찾아내어 매일 그것을 반복하는 것이 조금이라도 더 행복하게 살아갈 수 있는 방법이다. 나에게 여행은 그런 의미이다. 내 삶을 좀 더 풍요롭게 해주고 행복하게 해주는 것.

Epilogue
마치는 글

"나를 찾아 떠나는 여행을 계속하고
또 기록할 것이다"

2011년부터 짧게나마 책에서 읽었던 좋은 문구를 필사해 둔 노트를 발견했다. 새해 계획도 적혀 있고 버킷리스트도 적혀 있다. 꿈 노트'라고 이름 붙이고 노트 앞장에 'Believe in Yourself. You're so Beautiful.' 이라고 적혀 있다.

2015. 8. 30. 나의 꿈 리스트 추가
1. 책 쓰기
2. 요가 지도자 자격증 따기
3. 50kg 이하로 유지하기

2015년에 기록한 책 쓰기의 꿈이 2016년에 번역서 출간을 시작으로 지금까지 이어지고 있다. 어딘가에 기록을 해두는 것만으로도 꿈이 실현될 가능성이 높아진다. 머릿속에만 있을 때는 추상적이지만 내 생각을 눈에 보이게 기록하는 것만으로도 시각화되고, 구체화 된다. 사실 '책 쓰기' 라는 꿈을 내가 가지고 있었는지도 잊고 살았는데, 메모를 통해 내가 글쓰기, 책 쓰기에 대한 욕망을 가지고 있었음을 알 수 있다.

같은 노트에서 발견한 또 하나의 글. 이 글을 까맣게 잊고 살았지만, 지금 내가 살아가는 방식이 '후회 없는 인생을 살기 위한 12가지 원칙' 을 지키려 하고 있었음을 알 수 있다. 그냥 생각만 하는 것보다는 어디에라도, 기록해 두면 분명 내가 적은대로 살고자 노력하고 있는 자신을 발견할 수 있을 것이다.

〈내 인생 나를 위해서만〉 – 라인하르트 k. 슈프링어

후회 없는 인생을 살기 위한 12가지 원칙
1. 내 삶을 구성하는 모든 것은 나의 자유 의지로 선택한 것이다.
2. 그렇게 살도록 강요하는 현실적 압박이란 사실 존재하지 않는다.
3. 시간이 없어서 못한다는 말은 다른 게 더 중요하다는 뜻이다.
4. 남들의 기대를 채워주고자 내가 이 세상에 존재하는 것은 아니다.

5. 정말 원하는 일은 결심할 필요 없이 '지금 당장' 하면 된다.

6. 내가 행하는 모든 일들은 나 자신을 위해서 하는 것이다.

7. 보상은 기쁨과 열정으로 시작한 일을 시시한 일로 끝내버린다.

8. 칭찬은 외부의 평가 기준에 의해 내 삶을 재단하게 만든다.

9. 결정을 내리는 것이 결정을 내리지 않는 것보다 언제나 훨씬 더 낫다.

10. 마음에 안 드는 상황은 바꾸거나 떠나거나 사랑하라.

11. 행복한 사람은 '지금, 여기'의 에너지로 가득 차 있다.

12. 행복한 인생에 대한 책임은 오로지 나 자신에게 있다.

요즘 나는 '자발적 고독'이라는 말에 빠져 있다. 스스로 고독을 선택한다는 뜻이다. 혼자라서 외로운 것이 아니라 혼자 있는 시간을 오히려 즐긴다는 말이다. 예전에는 혼자서 밥 먹고, 차 마시고, 혼자서 영화 보는 것을 견디지 못했다. 혼자 있으면 괜히 친구 없는 사람 같고 서글펐다. 요즘은 오히려 혼자 있는 시간을 최대한 많이 확보하려고 한다. 새벽 기상을 고집하는 것도 그 이유에서이다. 혼자서 커피를 내려 마시고, 혼자서 음악을 듣고, 혼자서 책을 읽고, 혼자서 글을 쓰는 시간이 참 좋다. 이 책은 그런 오롯이 혼자인 시간을 통해 완성되었다. 책을 읽는다는 것은 글을 쓴다는 것은 혼자만의 시간을 견디는 것이다. 혼자만의 시간을 즐기는 것이다.

혼자만의 시간을 갖는다는 것이 말처럼 그렇게 쉽지는 않다. 사실 책 쓰는 과정이 녹록치 만은 않다. 그런데 굳이 왜 이런 고생을 자초하고 있는 걸까? 나는 왜, 이렇게 고생을 하면서 책을 쓰고 있는 것일까? 자발적 고독을 자처하는 분들과의 모임이 있다. 생각학교 ASK가 바로 그 모임이다.

A- Ask (고전을 읽으며 어떻게 살 것인가 캐묻기)
S- Seek (날마다 글을 쓰며 연결하고 탐구하기)
K- Knock the world (연대하고 대화하며 세상을 향해 도전하기)

생각학교 대표님의 이야기가 앞으로 나의 삶에 나침반이 될 것 같다. '자발적 고독'을 통해 '스스로 자유로운 삶'의 경지에 도달하는 것이 나의 목표이다. '나 왜 이렇게 힘들게 살지?' 라는 생각이 들 때마다 대표님의 이 글을 꺼내보며 힘을 내려고 한다.

우리는 왜, 이렇게 고생을 해 가면서 생각학교에 함께 머물러 있는 것일까요? 삶에 대해 캐묻고 싶기 때문입니다. 혼란과 어둠이 난무하는 시대에 과연, 어떻게 살아야 바른 삶인지 알고 싶기 때문입니다. 나답게 사는 건 무엇인지, 어떻게 내가 나로서 살아갈 수 있는지 그 지혜를 알고 싶기 때문입니다. 세상에서 어떤 자세로 어떻게 사람들과 관계를 맺으며 사랑하며 살 수 있을까를 끊임없이 성찰하고 잘 살고 싶기 때문입니다. 이런 질문에 선뜻 자신의 답을 꺼내지 못하는 삶은 〈자유롭지 못한 삶〉이라는 것을 잘 알기 때문입니다. 신영복 선생은 자유를 이렇게 정의합니다. 〈자기 이유로 세상을 살아가는 삶〉 삶을 온전히 살기 위해 자기自己 이유理由를 갖는 것. 그것이 자유自由라는 거죠. 진정한 〈자유〉는 외부에서 주어지지 않습니다. 재물과 명예와 온갖 조건을 다 갖춘다 해도 속박과 의존을 벗어나지 못한 삶은 행복하지 않습니다. 사람은 근본적으로 자유를 갈망하기 마련인데, 이 근원적 욕구를 해결하지 못하면 삶이 공허하고 답답한 마음을 지울 수 없습니다. 아무리 멀리 떠나도 좋은 곳으로 가도 마음이 공허한 것은 진정한 자유를 내가 누리지 못하고 있기 때문입니다.

-〈생각학교 조신영 대표 당부의 글〉

A- Alone

S- Silently

K- Keep going for your dream

A.S.K. 생각학교를 떠올리며 내가 지은 삼행시이다. 홀로, 고요히, 자신의 꿈을 향해 멈추지 않고 계속 하기. 자기 이유, 자기 의지로 A.S.K.하는 자발적 고독을 앞으로도 선택할 것이다. 그리고 혼자만 하지 않고 함께 할 것이다. 이런 나의 다짐을 실천하기 위해 새벽 기상과 글쓰기에 관심 있는 분들을 모집해 '2기적' 모임을 시작했다. '21일의 기적! 습관적 글쓰기' 자발적 고독을 선택한 이들과 앞으로도 책을 읽고, 글을 쓰는 삶을 계속 할 것이다. 나를 찾아 떠나는 여행을 계속하고 또 기록할 것이다.

이 책이 나오기까지 혼자만의 시간을 허락해 준 남편과 아들에게 먼저 감사함을 전한다. 나의 글쓰기 사부님인 이은대, 윤슬 작가님, 나의 변화의 열정을 알아차리고 적극적으로 지지해 주시는 생각학교 조신영 대표님과 한주은 교장 선생님, 나의 변화를 자극해 주는 생각학교 연구원님들, 새벽 시간을 나와 함께 열어주는 2기적 멤버들, 여행에서 많은 추억을 함께 한 인도원정대 선생님들 그리고 마지막으로 나의 에너지의 원천이자 든든한 지지자들의 모임인 고래학교 선생님들 모두에게 감사를 전한다. 책을 읽고, 글을 쓰는 삶을 함께 하며 충만하고 행복한 삶을 서로 응원하기를 바란다.

이 책을 쓰는데 도움을 받은 자료들

김민식(2019), 내 모든 습관은 여행에서 만들어졌다, 위즈덤하우스

신정철(2015), 메모 습관의 힘, 토네이도

환타 전명윤(2017), 생각으로 인도하는 질문여행, 홍익출판사